Max Kruse
Urmel aus dem Eis

Max Kruse wurde 1921 in Bad Kösen an der Saale geboren und starb am 4. September 2015. Am bekanntesten und beliebtesten sind seine Werke rund um das Urmel. Seine Bücher wurden in zahlreiche Sprachen übersetzt, ihre Gesamtauflage liegt bei über drei Millionen Exemplaren.

Erich Hölle, geboren 1925 in Nürnberg, hat mehr als 600 Bücher illustriert. 13 Kinderbücher stammen gar aus seiner eigenen Feder.

Max Kruse

Urmel aus dem Eis

Mit Illustrationen von Erich Hölle

dtv

Von Max Kruse ist außerdem bei dtv lieferbar:
Urmel taucht ins Meer

MIX
Papier | Fördert gute Waldnutzung
FSC® C019821

2. Auflage 2025
Ungekürzte Ausgabe
2019 dtv Verlagsgesellschaft mbH & Co. KG
Tumblingerstraße 21, 80337 München
produktsicherheit@dtv.de

Umschlagbild: Erich Hölle
Gesamtherstellung: Druckerei C.H.Beck, Nördlingen
Printed in Germany · ISBN 978-3-423-71842-4

Vor vielen Millionen Jahren

Es war vor vielen Millionen Jahren. Ja, wirklich! Damals legte Mutter Urmel das Urmelei am Ufer des großen Meeres in den Sand, wie sie es bisher immer mit ihren Eiern getan hatte. Aber bald darauf begann es zu schneien und das war ganz ungewöhnlich.

Mutter Urmel runzelte besorgt die Stirn, schaute zu den grauen Wolken auf und schnaufte: »Anscheinend macht der Große-Wetter-Urmel heute einen unfreundlichen Scherz – schade um dieses hübsche Ei.«

Dann zog sie sich in ihre Höhle zurück, schlang den Schweif um ihre Hinterbeine und schnupperte mit ihrer Nilpferdschnauze. Natürlich hatte sie keine richtige Nilpferdschnauze, sie war ja ein Urmel, aber es sah so ähnlich aus.

Was nun das Urmelei betrifft, so wuchs ihm langsam eine weiße Schneemütze, und das war sehr ungünstig, denn auch Urmeleier können nur in großer Wärme ausgebrütet werden. Es wurde aber immer kälter und kälter und noch kälter. Es wurde scheußlich kalt. »Oje!«, bibberte Mutter Urmel, »jetzt hört der Spaß aber auf!« Das war das

Letzte, was von ihr vernommen wurde, denn die Eiszeit hatte begonnen.

Wie wir wissen, dauerte die Eiszeit sehr, sehr lange. Hoch oben und ganz unten auf unserer Erdkugel, an den Polen, ist sie sogar heute noch nicht zu Ende.

Über den Nutzen, mit Menschen reden zu können

Seit damals waren Jahrmillionen vergangen.

Eines schönen Frühlingsmorgens watschelte Ping Pinguin zur Schule. Unterwegs traf er den Waran, der dasselbe Ziel hatte.

»Ausgepflafen?«, fragte Ping Pinguin. Obwohl er fleißig übte, konnte er das Sch nicht sprechen. Es klang wie »pf«. So ging es fast allen Tieren, jedes hatte bestimmte Schwierigkeiten. Zum Beispiel zischte Wawa, der Waran, das Z heraus wie eine Dampflokomotive.

»Ich bin umgetschogen!«, antwortete er. »Und nach einem Umtschug schlafe ich immer gut!«

»Oh!«, rief Ping Pinguin. »Umgezogen – wohin?«

»In eine Riesenmuschel«, antwortete Wawa leichthin, als ob das die natürlichste Sache der Welt sei. »Gantsch plötschlich habe ich sie am Ufer gefunden!«

»Das sind die besten Funde!« Ping Pinguin trommelte sich begeistert mit den Flügelstummeln auf den Bauch. »Ich will deine Riesenmupfel sehen!«

»Schule schwäntschen?«, fragte Wawa unsicher.

Sie überlegten aber nicht lange. Sie drehten um und wanderten nebeneinander den Berg hinab. Sie konnten das unbesorgt tun, denn der Besuch von Professor Tibatongs Tier-Sprechschule war vollkommen freiwillig. Es kam sogar vor, dass der Professor selbst seine Schüler nach Hause schickte, wenn er gerade etwas Wichtiges zu tun hatte.

Die Insel Titiwu, auf der sich dies alles zutrug, liegt in der Mitte der Welt. Hier blühen und wuchern die üppigsten Pflanzen, Bäume, Farne und Kakteen. Die Insel Titiwu liegt unter dem Äquator und dort ist es sehr heiß.

Titiwu gehört zu den letzten Inseln, auf denen die Tiere noch ungestört leben können. Deshalb hatten sich hier auch die verschiedensten Arten zusammengefunden, obwohl nicht alle das Klima gleich gut vertrugen.

Die Riesenmuschel, die Wawa gefunden hatte, war vielleicht die größte der Welt. Sie sah aus wie eine Suppenschüssel mit geschlossenem Deckel und lag gut geschützt vor den Wellen auf dem Kiesstrand, hinter grauen Felsblöcken.

»Sie ist so praktisch!«, sagte Wawa stolz. »Es ist mein erstes Haus, das ich tschumachen kann. Und schön ist sie außerdem!« Er presste die Schalen mit den Vorderpfoten auseinander. Ping Pinguin hüpfte hinein. Wawa folgte ihm und ließ das Muscheldach zuklappen.

Das Sonnenlicht schimmerte märchenhaft durch die Wölbung aus Perlmutter.

Wawa seufzte behaglich: »Hier kann ich ungestört nachdenken. Die Sonne geht auf und unter und tschieht über mich hinweg, und der Mond geht auf und unter und tschieht über mich hinweg . . .«

Ping Pinguin betrachtete seinen Freund interessiert. »Das ist aber ziemlich viel Geziehe!«, sagte er. »Was denkst du so dabei?«

»Oh, tschum Beispiel, dass ich den Menschen gantsch gehörig die Meinung sagen werde, wenn ich mich erst gantsch richtig mit ihnen unterhalten kann!«

»O ja«, rief Ping Pinguin, denn diese Ansicht erfreute ihn auch. »Aber leider kann ich nachts selten nachdenken. Seele-Fant stört mich so pfrecklich, dich nicht?«

»Nicht mehr! Jetscht kann ich ja meine Muschel tschumachen!«

»Ich will auch eine Mupfel!«, klagte Ping Pinguin. »Lass uns eine Mupfel für mich suchen.«

Wawa öffnete sein Haus und beide schlüpften durch den Spalt. Kaum aber erblickte Ping Pinguin das Meer, stieß er einen krächzenden Schrei aus: »Pfau mal, ein Eisberg!«

Wawa hatte noch nie einen Eisberg gesehen. Er kletterte deshalb auf einen großen Stein. Durch das leise Klatschen der Wellen hörte er deutlich Seele-Fants röhrenden Gesang:

»Oh – hoho!
Öch bön nöcht froh!
Neun, öch bön so –
oh – hoho!
oh – haha! –
dön Tränön nah!«

Wie gewöhnlich saß der See-Elefant weit draußen auf dem einsamen Felsenriff und sang eines seiner traurigen Lieder. Er war aber so weit entfernt, dass man ihn nur wie einen dunklen Punkt am Horizont erblicken konnte. Jetzt interessierten sich allerdings weder Ping Pinguin noch Wawa für ihn. Auf die Insel Titiwu trieb etwas zu, was wie ein Kristall funkelte. Langsam wurde es größer. Bald konnte man Zacken und Spalten auf seiner Oberfläche erkennen.

Ping Pinguin stürzte sich in die Flut. Er umkreiste den Eisberg und rief: »Unter Wasser ist er mindestens dreimal so groß!« Dann verschwand er, musste aber hinten eine Stelle entdeckt haben, wo er den Eisblock erklimmen konnte, denn plötzlich erschien er auf seiner Spitze, stolz wie der Erstbesteiger eines hohen Gipfels.

»Erkälte dir nur nicht den Bauch!«, meinte Wawa besorgt.

»Pf! Hast du eine Ahnung von Pinguinen! Wir leben doch gewöhnlich auf dem Eis! Übrigens taut es leider schon.«

Kleine Bäche rieselten. Es sah aus wie Tränenspuren.

Ping Pinguin pickte eine Zacke ab. Aufgeregt kreischte er: »Hier steckt etwas! Etwas Eingefrorenes! Eine große Mupfel oder ein Ball oder ein . . .« Platsch!

Der Eisberg war auf den Strand aufgelaufen und Ping Pinguin schlug kopfüber ins Wasser. Als er wieder auftauchte, schüttelte er sein Gefieder und rief: »Rapf! Wir müssen den Professor holen! Pfnell!«

Weshalb Professor Tibatong auf die Insel Titiwu kam und wen er mitbrachte

Vor einigen Jahren bewohnte Professor Habakuk Tibatong ein Häuschen in der Universitätsstadt Winkelberg. Dort hielt man ihn für einen Sonderling, mit dem niemand gern zu tun hatte. Es hat nun einmal nicht jedermann Spaß daran, in der Wohnung einem grunzenden Schwein zu begegnen.

Und das konnte einem bei Professor Habakuk Tibatong geschehen. Wutz war, wie viele Schweine, ausnehmend klug. Sie war eine Dame, deswegen muss auch von »ihr« und nicht von »ihm« gesprochen werden, obwohl es »das« Schwein heißt.

Sie war eigentlich schuld daran, dass der Professor sich überlegte, ob man den Tieren nicht das Sprechen beibringen könnte. Denn Wutz sah ihn oft scharfsinniger an als mancher Student in der Universität.

Außer Wutz wohnte bei Professor Tibatong nur noch ein Waisenknabe, der eines Tages in seiner Tür stand. Und der Professor brachte es nicht übers Herz, ihn wegzuschicken. Er hieß mit Vornamen Tim, mehr wusste man nicht. Damit er aber auch einen Nachnamen bekam, wie jeder anständige Mensch, nannte Tibatong ihn Tim Tintenklecks. Warum, braucht wohl nicht erklärt zu werden.

Tim Tintenklecks war zwar nicht gerade fleißig, aber er war ein lieber Kerl, und das war Professor Tibatong das Wichtigste. Auch Wutz mochte ihn sehr gern. Und Tim störte es nicht, mit ihr in einem Haus zu wohnen.

Während der Nacht war sie allerdings nur im Winter drinnen; im Sommer zog sie in den Garten, denn sie liebte es, in die Sterne zu blicken und die Bäume rauschen zu hören.

Tim Tintenklecks hatte ihr aus einer geräumigen alten Regentonne, die seit Jahren unbenutzt an der Hausecke stand, ein transportables Schlafzimmer gemacht, eine Schweinehütte – oder eine Schlummertonne, wie man will. Sie war wirklich wunderschön! Die Matratze, die ihr der Professor in der Babyabteilung des Kaufhauses besorgt hatte, war aus feinstem Drillich. Vor der Öffnung hing ein blaugrundiger, mit roten Rosen bedruckter Vorhang und außerdem konnte Wutz die Tür schließen. Der runde Deckel, der mit einem Scharnier seitlich angeschraubt war, lag so fest an, dass selbst bei Wolkenbruch und Hagel kein Tropfen in die Tonne kam. Dann dröhnte es innen ganz gewaltig, wie im Bauch einer Urwaldtrommel.

Dieses Fass stand natürlich nicht aufrecht, es lag – und damit es nicht herumkollerte, wenn Wutz sich von der rechten auf die linke Speckseite wälzte, waren seitlich Keile unterlegt. Und noch etwas: Oben hatte Tim Tintenklecks einen eisernen Handgriff angebracht, was einerseits recht praktisch war, denn es erleichterte das Tragen; aber andererseits ließ sich die Tonne nun nicht mehr so gut rollen ...

Nun, um aber bei Wutz zu bleiben: Eines Tages fing Professor Tibatong an mit allerhand Kräutern zu experimentieren. Er forschte nach einer Medizin, die eine ganz bestimmte Wirkung auf ganz bestimmte Zentren des Gehirns ausübte. Diese Tropfen gab er Wutz ins Fressen, morgens, mittags und abends je zehn. Etwas später begann er außerdem mit Wutz eine seltsame Mundgymnastik zu treiben.

Stundenlang kauerte er auf dem Boden, schaute

sie fest an und machte ihr Zungenbewegungen vor, wobei er schweineartige Grunzlaute ausstieß. Es ist deshalb nicht verwunderlich, dass man ihn bald für nicht mehr ganz normal hielt. Denn natürlich kam doch hier und da einmal jemand in sein Haus, etwa der Briefträger oder der Gasmann.

Auf diese Leute wirkte es ziemlich sonderbar, den Professor vor einem Schwein auf dem Teppich knien zu sehen und »Ö! – ö! – ö! – ö!« grunzen zu hören. Als schließlich die Sau – wie die Leute die arme Wutz unfreundlich nannten – ebenfalls »Ö! – ö! – ö! – ö!« erwiderte und sich die beiden auf diese Weise verständigten, war es endgültig um den guten Ruf des Professors geschehen. Man riet ihm, freiwillig auf sein Lehramt zu verzichten.

Wovon aber sollte der arme Professor nun leben und seine Studien fortsetzen? Er musste fort aus Winkelberg, wollte er nicht verhungern und gar in höchster Not die arme Wutz schlachten. Er überlegte ernsthaft, wo sie hingehen könnten, und löste nach und nach seinen Hausstand auf.

Eines Tages nahm der Briefträger Tim Tintenklecks auf der Straße beiseite. »Tim, du kannst dich freuen! Gestern wurde im Stadtrat beschlossen dich zu anständigen Leuten zu geben. Bei dem verrückten Professor kannst du ja nicht bleiben!«

Tim Tintenklecks war aber ganz anderer Ansicht. Und der Professor auch.

In der gleichen Nacht noch verließen sie heimlich das kleine Haus. Der Professor trug in einem Rucksack Kleider, Bücher und Hausgeräte. Wutz zog einen Leiterwagen mit ihrer Schlummertonne und noch allerhand unentbehrlichen Dingen und Tim Tintenklecks schob hinten kräftig mit.

Seitdem wurden sie in Winkelberg nicht mehr gesehen. Und langsam vergaß man sie.

Dies alles war nun schon mehrere Jahre her.

Professor Tibatong kannte jeden Fleck der Erdkugel aus Büchern. So ist es zu erklären, dass er eines Tages mit einem Einbaum auf einer einsamen Insel anlegte. Tim Tintenklecks paddelte, im Bug des kleinen Bootes kniend. Wutz schaukelte in der Schlummertonne hinterher, die Tim Tintenklecks seetüchtig gemacht hatte, indem er die vordere Öffnung zur Hälfte mit Brettern vernagelte. Bei hohen Wellen wurde dann noch die Tür ganz geschlossen. Mit ihrem Zentnergewicht hielt Wutz das Wasserfahrzeug im Gleichgewicht. Aber da sie vom Wetter begünstigt waren, konnte sie meistens den Rüssel zum Ausguck hinaushalten und sich die Sonne auf die Borsten brennen lassen.

Die Insel gefiel ihnen auf den ersten Blick.

Der einzige Kummer des Professors war, dass er bisher weder die Existenz des unsichtbaren Fisches bewiesen noch die Urmel-Forschung beendet hatte. Aus der Form urzeitlicher Tierknochen und Skelettreste hatte er nämlich geschlossen, dass es noch ein bis dahin unbekanntes, seltsames Lebewesen gegeben haben müsse: das Urmel. Aber wie üblich hatte man ihn ausgelacht, am heftigsten Direktor Doktor Zwengelmann vom Naturkundemuseum in Pumpolon, der Hauptstadt des Staates Pumpolonien.

Nun, er konnte ja auch hier auf der Insel weiterarbeiten. Bücher und Schreibpapier hatte er sich mitgebracht. Mit dem schweren Rucksack auf dem Rücken kletterte er aus dem Boot und watete an Land.

Auf dem Gipfel des Berges errichteten sie ein Blockhaus. Tim Tintenklecks half geschickt mit Säge und Hammer, und Wutz schleppte die Stämme herbei.

Als der Professor einziehen konnte, fand sich auch für die Schlummertonne ein schöner Platz, von dem aus Wutz die Sterne des südlichen Himmels betrachten und die Bäume rauschen hören konnte. Leuchtete der Mond zu hell, zog sie einfach den Vorhang zu.

Winter gab es hier nicht.

Ja, und dann vergingen die Jahre. Professor Tibatong setzte seine Sprechübungen mit Wutz fort und bald konnte das kluge Schwein sich mit ihm unterhalten. Dann nahm er andere Tiere als Schüler an. Schließlich musste ein Klassenzimmer angebaut werden – noch nie in seinem Leben war er so glücklich gewesen wie hier auf der Insel.

Sie tauften sie Titiwu – nach den Anfangsbuchstaben ihrer Namen Tibatong, Tintenklecks und Wutz –, zum Zeichen, dass es ihre Insel sei. Und den Berg nannten sie Homi, weil er so hoch war und sich in der Mitte der Insel erhob.

Professor Tibatong erfährt eine Neuigkeit

Nun sind wir am heutigen Morgen angelangt. Schusch saß unschlüssig auf der Schwelle des Klassenzimmers. Über ihm leuchtete das Schild, das Tim Tintenklecks gemalt hatte, in bunten Farben:

Habakuk Tibatongs Tier-Sprechschule
Unterricht freiwillig – nach Vereinbarung

Schusch, der Schuhschnabel, war zur Zeit der einzige Vogel unter des Professors Schülern. Ping Pinguin rechnete der Schuhschnabel nämlich nicht zu den richtigen Vögeln, weil er nicht fliegen konnte.

Schusch wusste nicht recht, was er machen sollte. Er hatte seine Aufgaben fleißig gelernt und sich darauf gefreut, sie aufzusagen. Er sollte das I besonders üben. Bei ihm klang das so: »Äch fläge, du flägst, er flägt!« Und nun hockte er hier und wurde seine Weisheit nicht los. Weder Wawa noch Ping Pinguin waren gekommen und Wutz hatte ihn sogar mit dem nassen Scheuerlappen aus dem Klassenzimmer gescheucht und gequiekt: »Heute fällt die Schule aus – öff! Raus mit dir, ich muss putzen!« Von allen Tieren konnte Wutz am fehlerlosesten sprechen, nur grunzte sie jedes Mal »Öff!«, wenn sie Atem holte.

Sie hatte sich in den vergangenen Jahren zu des Professors Haushälterin entwickelt. Manchmal war sie eine rechte Tyrannin, besonders wenn sie die Putzwut hatte.

Heute hatte Professor Habakuk Tibatong die ganze Nacht über an einem Buch gearbeitet. Es hieß: »Der Sprechunterricht für Tiere, seine Problematik und Bedeutung. Mit einem Anhang: Erste Übungen der Grundstufe. Von Professor Habakuk Tibatong.«

Als der Morgen graute, schrieb er immer noch. Aber nun entwarf er einen bösen Brief an seinen Widersacher, Direktor Doktor Zwengelmann vom Naturkundemuseum der Stadt Pumpolon. Über ihn hatte sich Professor Tibatong gerade wieder sehr geärgert. Direktor Doktor Zwengelmann hatte nämlich in der Fachzeitschrift für Urtierforschung einen Artikel veröffentlicht mit der Behauptung, Habakuk Tibatongs »Urmel« existiere nur in der überreizten Fantasie des bedauernswerten Professors.

Habakuk Tibatong war hierüber sehr ergrimmt, hatte er doch gerade erst scharfsinnig bewiesen, dass das Urmel ein nicht wegzudenkendes Bindeglied zwischen den Dinosauriern und den Säugetieren war, und er hatte dazu viele lateinische und griechische Wörter verwendet.

Sein Brief an Direktor Doktor Zwengelmann war daher nicht gerade liebenswürdig; er regte sich beim Schreiben sogar so auf, dass er der armen Wutz fast seinen Federhalter in den Bauch gestochen hätte, als sie ihm den Morgenkaffee an den Schreibtisch brachte. Für einen Augenblick hatte er sie für Zwengelmann gehalten. Natürlich entschuldigte er sich sofort, als er seinen Irrtum bemerkte: »Tut mir Leid, Wutz! – Nein, so ein Dummkopf, dieser Zwengelmann! – Natürlich gab es Urmel! – Wo ist denn nur meine Brille?«

»Auf deiner Nase, Professor – öff!«, grollte Wutz. Gegen Stiche war sie empfindlich. Sie hasste es auch, von Schusch oder Ping Pinguin aus Spaß in den rosa Speck gezwickt zu werden. Sie stupste den Professor und grunzte: »Du bist völlig überarbeitet! Marsch, ins Bett! Schlaf dich einmal gründlich aus! Öff!«

Der Professor seufzte. Er konnte sich gegen Wutz nicht durchsetzen.

Sie steckte ihn ins Bett und zerrte die Decke bis unter seine gerötete Knubbelnase. Dann schloss sie den Vorhang und wackelte hinaus.

»Sitzt du immer noch hier?«, grunzte sie Schusch an. »Hilf mir lieber putzen! Nimm den Scheuerlappen in den Schnabel und wisch die Ecken aus!«

»Bei där päpt's wohl!«, meinte Schusch beleidigt. Er öffnete seine Flügel und flog davon. Wutz hatte es nicht anders erwartet. Vögel fand sie schon immer schrecklich unnütz.

Schusch suchte Tim Tintenklecks. Gewöhnlich hockte der Junge in einem Wipfel. Und bald sah er seinen Rotschopf durch das dunkle Grün der Blätter leuchten.

»Täm Täntenklecks!«, krächzte Schusch. »Hast du auch Ärger mät Wutz? Sä wollte mär den Scheuerlappen än den Schnabel drücken – was sagst du dazu?«

Tim Tintenklecks warf eine Bananenschale fort. »Ich habe nie Ärger mit Wutz!«, sagte er. »Aber schau mal, was dort unten am Strand liegt und so funkelt!«

Schusch ließ sich auf einem wippenden Ast neben Tim nieder. Er äugte hinab. Aber er konnte sich auch nicht denken, was das sein mochte. »Äch fläge mal schnell hän!«, rief er. Da erblickten sie jedoch Wawa und Ping Pinguin, die den Berg hinaufgeklettert waren und des Professors Haus betreten wollten. »Äch bän neugäräg«, krächzte Schusch, »ob Päng Pänguän jetzt dä Ecken auswäschen muss.«

Tim rutschte mit der Behändigkeit eines kleinen Affen vom Baum und lief zum Blockhaus. Gespannt folgte Schusch, blieb aber auf einem Ast draußen sitzen.

Er hörte das brave Schwein grunzen. »Wollt ihr wohl den Professor schlafen lassen – öff! Ihr Tölpel! Kaum legt sich der arme Mann einmal hin, weckt ihr ihn. Nicht einmal angeklopft habt ihr! Was sind denn das für Manieren! Öff!« Ping Pinguin krähte beleidigt: »Woher soll ich wissen, dass der Professor am Tag pfläft?«

»Ich schlafe ja gar nicht!«, rief der Professor aus dem Bett.

»Er pfläft ja gar nicht!«, sagte Ping Pinguin. »Bäh!«

»Und intschwischen schmiltscht der Eisberg!«, klagte Wawa.

»Was?«, rief Professor Tibatong. »Ein Eisberg? Hier?« Er öffnete die Tür, während er sich den Gürtel seines roten Schlafrockes vor dem Bauch zusammenband.

Ping Pinguin sagte: »Ja, ein Eisberg! Und es ist

etwas in ihm eingeeist. Etwas Großes. Vielleicht eine Mupfel . . .«

Der Professor schlüpfte in seine Pantoffeln und schusselte den Berg hinab. Ping Pinguin watschelte hinterher, Wawa glitt behände voraus und Schusch schwang sich in die Luft. »Öff! So sind sie alle, faul und neugierig!« Wutz legte den Scheuerlappen auf die Türschwelle und setzte sich ebenfalls in Trab. »Weiß die Rübe, was sie ohne mich für einen Unsinn anstellen!«, grunzte sie.

Tim Tintenklecks, das ist ja klar, war schon lange unterwegs.

Wie etwas an Land gebracht wird, was nicht hergehört

Wie der Eisblock an den Strand der Insel Titiwu gelangte, hat die Wissenschaft auch später niemals ganz klären können. Wahrscheinlich hatte er sich hoch im Norden gelöst, war als gewaltiges Gebirge mit dem Labradorstrom gezogen und später von Stürmen und günstigen Winden hierher getrieben worden.

Inzwischen war er zwar stark zusammengeschmolzen, aber noch immer wirkte er beachtlich.

Professor Habakuk Tibatong betrachtete ihn verwundert. »Welch ein Erlebnis! Ich muss eine ganz neue Theorie der Meeresströmungen entwickeln!«, murmelte er. Ohne auf Pantoffeln und

Schlafrock zu achten watete er ins Wasser um das Wunder von der Nähe zu betrachten. Die Brille auf die Nasenspitze geschoben untersuchte er eingehend die Eiskristalle.

»Professor! Öff!«, rief Wutz. »Du holst dir einen Schnupfen!« Sie saß im warmen Sand und schnüffelte betrübt.

Schusch hatte sich auf der Spitze des Eisblocks niedergelassen. Ping Pinguin, der hinübergeschwommen war um wieder hinaufzuklimmen, zeterte: »Geh runter! Ich habe ihn zuerst entdeckt!«

»Tschuerst ich!«, schmollte Wawa.

»Gar nicht wahr!« Ping Pinguin war böse. »Ich habe zuerst gesehen, dass etwas eingefroren ist!«

»Der Eisberg muss aufs Land!«, entschied der Professor.

»Aber da pfmilzt er doch!«, krähte Ping Pinguin.

»Na und?«, schnarrte Schusch. »Du kannst ähn ja sowäso nächt bäs Weihnachten aufheben!«

»Auf gar keinen Fall darf er im Wasser bleiben!«, sagte Professor Tibatong. »Wenn wirklich etwas eingefroren ist und das Eis dann schmilzt, fällt das, was drin ist, ins Wasser und ertrinkt – oder es schwimmt davon!«

»Sicher wäre es nicht schade drum!«, grunzte Wutz. »Bestimmt macht es nur Dreck – öff!«

»Wie wollen wir denn dieses Ding an Land

tschiehen?«, fragte Wawa. »Es ist ja viel tschu groß und auch viel tschu kalt!«

Tim Tintenklecks schlug vor: »Seele-Fant kann ihn schieben. Er ist mindestens so stark wie ein Traktor!«

Alle fanden diesen Vorschlag klug. Ping Pinguin stürzte sich kopfüber in die Flut um eilig zu Seele-Fants einsamem Felsenriff zu schwimmen. Aber leider war der Schuhschnabel wieder vor ihm da.

Das Wasser schäumte und gurgelte um die grauen Steine. Der See-Elefant saß da, den massigen Rumpf aufgebäumt und auf das Schwanzende gestützt. Er reckte den dicken, faltigen Hals und öffnete weit das Maul. Schmerzlich presste er die Vorderflossen auf sein Herz, seine dunklen Augen schimmerten feucht und seine Schnurrbarthaare zitterten. »Oh – hoho! Öch bön nöcht froh ...«, heulte er in den Wind.

»So hör doch mal!«, plapperte Schusch. »Du sollst dem Professor helfen!«

»Oh – hoho!«, seufzte Seele-Fant. »Öch ...?«

»Ja, du!«, schnatterte Ping Pinguin. »Du bist der Einzige, der stark genug ist!« Schusch und Ping Pinguin erklärten ihm, was er machen sollte.

Betrübt schüttelte er sein massiges Haupt. »Öch würdö döm Profössor söhr görnö hölfön, abör ös göht nöcht! Öch bön traurög! Ond wönn öch arbeutö, kann öch nöcht traurög seun, vörstöht öhr?« Ping Pinguin und Schusch verstanden ihn nicht. »Ja, ja«, schnaufte Seele-Fant, »das wondört möch nöcht! Dass möch nömand vörstöht, öst öbön so traurög!« Tief bekümmert betrachtete er seine Schwanzflosse.

Schließlich aber ließ er sich doch überreden. Er platschte ins Wasser, dass es nur so spritzte.

Wenig später schon stemmte er seine Schnauze unter den Eisberg und wuchtete ihn von hinten ein wenig empor.

»Gantsch toll!«, meinte Wawa bewundernd.

»Vorsächt, Glas!«, krächzte Schusch.

Seele-Fant keuchte. Er wühlte Wasser und Sand mit seinen Flossen auf. Zentimeter um Zentimeter schob er den Brocken an Land. Professor Tibatong und Tim Tintenklecks halfen nach besten Kräften. Nach vieler Mühe lag der weiße, zackige Kristall endlich im Trockenen. Er gleißte und funkelte in der Sonne und war nun mindestens dreimal so groß wie zuvor im Wasser.

Professor Tibatong erblickte unter der dünn gewordenen Oberfläche etwas weißgrau Gesprenkeltes, etwas Rundes. »Oh!«, stotterte er. »Oh! Dies ist ... das sieht aus ... oh, ich glaube, ich stehe vor einer großen Entdeckung!«

»Du siehst schauderhaft aus, Professor, das ist meine Entdeckung«, seufzte Wutz. Und damit hatte sie Recht. Der Morgenrock triefte und klebte an seinem Körper, die Pantoffeln waren davongeschwommen, die nackten Füße, die Nase, die Ohren, die Haare – alles war voller Sand und klitschnass.

Seele-Fant ruhte sich am Ufer aus. Sein Haupt hatte er auf die Vorderflossen gestützt und schaukelte es hin und her. Da aber niemand auf ihn achtete, schwamm er schließlich zu seinem Felsenriff zurück. »Nöcht eunmal dankö sagt man!«, brummte er. »Non, öch habö ös ja auch nöcht örwartöt, abör traurög öst ös doch!«

Bald hörte man sein Lied wieder über die Wellen schallen. Da erst dachte der Professor an ihn. »Oh, wir hätten ihm sagen sollen, wie großartig er uns geholfen hat!«, rief er bekümmert. »Nun, ich werde es nachholen! Jetzt haben wir keine Zeit zu verlieren. Schusch und Ping Pinguin, wäret ihr wohl so nett, das Eis ganz vorsichtig von dem Gegenstand abzuschlagen, der sich darin befindet? Aber bitte nur in winzigen Stücken, so als ob es chinesisches Porzellan wäre, versteht ihr? Und Wawa, bitte lauf doch rasch in mein Arbeitszimmer! Auf dem Schreibtisch am Fenster muss das Hörrohr liegen. Ich erinnere mich genau es dort abgelegt zu haben, als Wutz ihren Husten hatte. Bitte bring es mir!«

»Professor!«, grunzte Wutz entsetzt. »Du erlaubst doch nicht etwa Wawa – öff! – mit diesen dreckigen Pfoten auf deinen Schreibtisch zu klettern – öff! – und in deinen Papieren herumzuwühlen?«

Der Professor aber war viel zu erregt um auf sie zu hören. »Ach bitte, Wutz! Hol mir alle Decken und Handtücher, die du finden kannst. Tim, hilf ihr bitte tragen!«, rief er.

Während Wutz, Tim und Wawa unterwegs waren um des Professors Wünsche zu erfüllen, pickten Ping Pinguin und Schusch das Eis vorsichtig Körnchen für Körnchen von dem Gegenstand, der in ihm verborgen war. Mehr und mehr wurden seine Formen erkennbar. Und je mehr von ihm zu sehen war, umso erregter wurde Professor Habakuk Tibatong. »Halt, halt, Achtung! Nicht so heftig!«, bat er – und schließlich mussten Schusch und Ping Pinguin ihre Arbeit einstellen.

»Wunderbar!«, sagte der Professor. »Ein Ei!« Aufmerksam untersuchte er die Schale. »Es scheint vollkommen unbeschädigt zu sein. Welch ein Glück – Wawa, hast du mein Hörrohr gefunden?«

Wawa trug es im Maul. »Es lag aber nicht auf dem Tisch, sondern im Papierkorb!«, bemerkte er.

Wie die Geduld der Inselbewohner auf eine harte Probe gestellt, aber schließlich doch belohnt wird

Der Professor hörte das Ei von oben, von unten, von allen Seiten ab. Da die Tiere neugierig um ihn herumhüpften, bat er sie mehrmals sich still zu verhalten. Aber nun störten ihn die Brandung und Seele-Fants Gesang aus der Ferne. »Ich höre nichts!«, murmelte er enttäuscht. »Nun, es ist wohl noch durch und durch gefroren ... Wutz, hast du die Tücher? Bitte, Tim, hilf mir das Ei trockenreiben, jedes Eisbröckchen muss herunter, jeder Wassertropfen! Aber vorsichtig!«

»Meinst du vielleicht, die Sonne wird es ausbrüten?«, erkundigte sich Wawa.

»O nein!«, antwortete der Professor. »Es braucht tierische Wärme, wie von seiner Mutter. Ihr müsst abwechselnd brüten. Wawa, du machst am besten gleich den Anfang. Ich hebe dich hinauf, aber beweg dich bitte nicht und behandle es so, als ob es dein eigenes Ei wäre!« Der Professor und Tim hoben Wawa empor und setzten ihn behutsam auf das Ei. Kaum berührte er es mit seinem weichen Unterleib, stieß er einen zischenden Wehlaut aus: »Tsch... Hilfe! Dies ist ein Eisei! Keine tschehn Minuten halte ich das aus ohne mir den Bauch tschu erkälten!«

»Wie dumm, dass ich nicht daran gedacht habe!«, entschuldigte sich der Professor.

Stolz plusterte sich Ping Pinguin. »Lasst mich hinauf! Ich bin nicht so zimperlich, ich kann stundenlang auf Eis liegen!«

Sie hoben Wawa herunter und setzten Ping Pinguin auf das Ei. Er breitete die Flügelstummel aus, ließ sich auf den Bauch nieder und wackelte sich umständlich zurecht. »Na?«, krähte er. »Was tätet ihr wohl ohne mich?«

»So geht es nächt«, bemerkte Schusch. »Päng Pänguän äst einfach zu klein! Er kann säch noch so sehr aufplustern und hän- und herrücken, er bedeckt höchstens ein Värtel der Oberfläche. Und

Eier, dä ausgebrütet werden sollen, müssen gänzläch unter dem Brüter verschwänden!«

»Aber was sollen wir tun?« Der Professor war ratlos.

»Vielleicht ist Wutsch groß genug«, warf Wawa ein.

»Ich brüte doch nicht!«, grunzte Wutz empört.

»Hihi!«, kicherte Ping Pinguin. »Wenn ihr Wutz mit ihrem Drei-Zentner-Gewicht heraufhebt, gibt es Rührei!«

Wutz zeigte ihnen beleidigt ihr Hinterteil.

Tim Tintenklecks schlug vor, Ping Pinguin zunächst brüten zu lassen, aber alle Decken und Tücher über ihn und das Ei zu breiten. Ping Pinguin ließ alles mit sich geschehen, so stolz war er. Bald war er unter einem Gebirge von Decken und Tüchern verschwunden. Ein Badetuch, eine Wolldecke, ein Handtuch, die Geschirrtücher, die Bettlaken, sämtliche Vorhänge – alles wurde über ihn und das Ei geworfen, bis auf dem Strand nur noch ein unförmiger Haufen zu erkennen war, der aussah, als sollte er von einer Wäscherei abgeholt werden.

Und so verging die Zeit. Die Sonne hatte ihren Höhepunkt längst überschritten, es wurde Nachmittag und es wurde Abend. Schließlich kam die Nacht mit ihrer Kühle. Professor Tibatong bat die Tiere und Tim Tintenklecks trockenes Reisig zu sammeln. Rings um das Ei-Pinguin-Stoff-Gebirge entzündeten sie Feuer, die eine Höllenglut ausströmten und Funken in den dunklen Himmel sprühten.

Ping Pinguin schwitzte und ächzte. Er drohte zu ersticken. Als das Ei die Temperatur einer Wärmeflasche erreicht hatte, löste ihn Wawa ab. Gegen Morgen übernahm Schusch das Amt des Brüters und auf diese Weise folgten Tage und Nächte aufeinander.

Langsam wurde es ihnen langweilig. Täglich horchte der Professor das Ei mehrmals mit dem Hörrohr ab. Aber immer wieder schüttelte er enttäuscht den Kopf.

Endlich – es war genau am Mittwoch um zehn Uhr fünfunddreißig (der Professor führte natürlich genau Buch) – vernahm er auf einmal leise Bewegungen und ein feines Schmatzen. Glücklich richtete er sich auf und seine Augen funkelten, als er flüsterte: »Es lebt!«

Das war ein feierlicher Moment. Gerade lag Wawas weicher Echsenbauch über dem Ei. Nun schielte er besorgt unter sich. »Seid ihr gantsch sicher, dass kein Ungeheuer herauskriecht?«, fragte er.

Niemand war ganz sicher. Und als die Bewegungen kräftiger wurden und das Ei zu schwanken begann, ordnete Professor Tibatong an, dass sich alle von ihm zurückziehen sollten. Es war eine heiße Mittagsstunde und so mochte die

Sonnenhitze wohl ausreichen das Werk zu vollenden.

In sicherer Entfernung warteten sie. Schusch lüftete die Flügel um rasch auffliegen zu können. Wawa äugte zaghaft um einen Stein, und Ping Pinguin stand im Wasser, bereit sofort unterzutauchen und zu verschwinden. Auch Professor Tibatong war ein paar Schritte zurückgetreten. Er fasste Tim Tintenklecks fest an der Hand. Von Wutz war überhaupt nichts zu sehen und Seele-Fant – nun, Seele-Fant sang wie immer eines seiner traurigen Lieder weit draußen auf dem Felsenriff.

Das Ei zitterte und bebte. Jemand drückte von innen gegen die Schale. Immer heftiger schaukelte es, immer unerträglicher wurde die Spannung.

Plötzlich barst es. An einer Seite drängte ein seltsam zerknitterter Kopf heraus. Die Augen waren geschlossen. Der Hals wurde länger – bald hing er da wie ein matter Blütenstängel. Der Körper schälte sich frei, die Risse der Eierschale wurden breiter, einzelne Stücke und eine Flüssigkeit klebten noch auf der verschrumpelten Haut des zerknautschten Geschöpfchens.

»Seht nur, es hat so kleine Arme und Händchen wie ich!«, jauchzte Wawa.

»Oh, wie niedlich!«, krähte Ping Pinguin. »Es hat Flügel auf dem Rücken, so wie ich!«

»Was kann es nur sein?«, fragte Tim Tintenklecks.

»Still – ich weiß es auch noch nicht!«, flüsterte Professor Habakuk Tibatong. Seine Kehle war heiser und ausgetrocknet. »Aber ich glaube ... es könnte ... o du liebe Güte ...«

Jetzt war das Wesen ganz aus dem Ei geschlüpft. Unsicher stand es auf wackligen Beinen. Es versuchte sich auf etwas zu stützen, was aussah wie ein Krokodilsschwanz. Es vermochte seinen langen Hals nicht zu halten und konnte auch die Augen nicht öffnen. Ermattet legte es den unförmigen Kopf in den Sand.

Plötzlich war Wutz bei ihm. Niemand hatte gesehen, wo sie herkam. Sie trug einen nassen Waschlappen im Maul und begann das Wesen damit von den Eierschalen und der klebrigen Masse zu säubern.

Da öffnete es seine Augen einen winzigen Schlitz, und das Erste, was es von der Welt erblickte, war appetitliche rosa Haut. Eine Flut piepsiger Schmatz- und Quietschlaute ausstoßend stupste es Wutz mit dem weichen Maul.

»O du saftige Rübe – öff!«, japste Wutz. »Es hält mich womöglich für seine Mutter? Professor, was soll ich bloß tun?« Sie wollte sich von dem missgestaltigen Küken entfernen – aber dieses kroch auf den schwachen Beinchen hinter ihr her.

»O ja, o ja!«, rief Professor Habakuk Tibatong wie aus einem Traum erwachend. »Kein Zweifel, es ist ein Urmel! Was für ein Wunder!« Er riss sich die Brille herunter und fuchtelte mit ihr erregt in der Luft herum.

»Qui quä pscht gluck gluck miminipi quä tsch tsch öh äh! . . .«, quietschte das Urmel.

»Ein Urmel«, seufzte der Professor überwältigt. »Und sprechen kann es auch schon!«

Professor Habakuk Tibatong macht einen großen Fehler

Wenn man von den Tieren der Urzeit spricht, dann stellt man sie sich gewöhnlich so groß vor wie Ozeandampfer oder Wohnhäuser, jedenfalls viel gewaltiger als Elefanten. Es gab aber auch kleinere Tiere, nur finden wir diese nicht so beachtenswert wie die mächtigen Ungeheuer, die schon ausgestorben sind.

Manche Urtiere wurden bis zu fünfunddreißig Meter lang – andere waren nicht größer als ein Huhn. Als das Urmel aus dem Ei schlüpfte, war es immerhin schon fast so groß wie ein Kind, oder genauer: wie eine Gans – nur sah es natürlich anders aus. Viel, viel später, als es ausgewachsen war, überragte es Professor Tibatong gerade um eine Kopflänge – zum Fürchten groß wurde es also niemals.

Nun, bis dahin sollte sich noch manches ereignen.

Zunächst herrschten Friede und Freude. Nur Wutz hatte es schwer. Als sie das Urmel wusch und von diesem so als erstes Wesen bemerkt wurde, nahm das Urmel sie instinktiv als Mutter an. Und nun konnte sie sich nicht zwei Schritte von ihm entfernen, ohne dass es in ein mörderisches Quietschen und Zetern ausbrach. Es watschelte hinter ihr her, so gut es das eben vermochte, und wenn es sie einmal vermisste, stieß es Klagelaute aus, gegen die Seele-Fants trauriger Gesang mild und heiter klang. Dann bebte sein ganzer kleiner Körper und große Tropfen rannen aus seinen Kugelaugen. Was sollte Wutz nur machen?

Solange das Urmel noch so schwach auf den Beinen war, konnte es nicht zum Blockhaus auf den Gipfel des Berges Homi hinaufgehen.

Ping Pinguin schlug vor aus Decken und Ästen eine Art Tragkorb zu bauen – aber er hatte gut reden, denn er kam als Träger ja wirklich nicht in Frage. Auch wollte Professor Tibatong das Urmel auf keinen Fall der geringsten Gefahr aussetzen: zum Beispiel konnten die Träger stolpern, das Urtierbaby zu Boden fallen und sich dabei verletzen.

So entschied er, dass nicht weit vom Strand, am Fuß des Berges Homi und dort, wo der üppige Wald begann und die Baumblüten dufteten, ein kleines Lager hergerichtet wurde: die Urmel-Babystube.

»Nein!«, rief Wutz ganz entschieden. »Nein! Professor, ich versorge deinen Haushalt – öff! Ich nähe dir die Knöpfe an und bereite dir die Mahlzeiten. Vielleicht gibt es Leute, die es noch besser können, aber ich tue, was in meinen Kräften steht – öff!«

»Du bist eine wunderbare Köchin!«, sagte der Professor. »Vor allem dein Rüben-und-Kartoffel-Eintopf ist köstlich!«

»Danke!«, antwortete Wutz. »Aber das war es nicht, was ich hören wollte – öff! Sondern ich wollte sagen, dass ich für dich mein Bestes tue. Ich putze sogar den Dreck im Klassenzimmer weg, den deine Schüler hinterlassen!«

»Äch hänterlasse keinen Dreck!«, erboste sich Schusch.

Wutz beachtete seinen Einwurf nicht. »Aber niemand kann mich zwingen – niemand, Professor! – weitab von meiner gemütlichen Schlummertonne meine Nächte mit dieser abscheulichen Schreckgestalt zu verbringen!«

Und kaum hatte sie dies gesagt, trabte sie auch schon davon. Ihr appetitliches Hinterteil wippte, der Ringelschwanz stand wie ein Korkenzieher in die Höhe. Schon verbarg sie das Bambusgebüsch.

Das Urmel, das kein Auge von ihr gelassen hatte, reckte den Hals weit vor und pumpte sich mit würgenden Schluckbewegungen voll Luft. Dann begann es zu jammern und zu plärren, zu jaulen und zu schluchzen: »Äh-hähä . . . uhuhu – jaujaujau – uhu – äh-hähä . . .« Es war herzzerbrechend, steinerweichend.

Wutz fühlte, wie ihr eine Gänsehaut über den Rücken kroch. Sie blieb wie angewurzelt stehen. Ihr Herz klopfte. Sie machte kehrt, trabte zu dem grässlichen Schreihals zurück und stupste ihn mit der Schnauze. Sofort verstummte das Jammern. Das Urmel grunzte zufrieden. Und Tim Tintenklecks hätte schwören mögen, dass es ihn anschielte und belustigt ein Auge zukniff.

Jedenfalls – Wutz schickte sich in ihr Los. Die Urmel-Babystube wurde bei den Bambusbüschen eingerichtet, die Schlummertonne den Abhang des Berges Homi teils hinuntergerollt, teils geschleift. Wutz gab dem gefräßigen Urtier die Kokosmilchflasche. Später fütterte sie es mit Bananen, Feigen und Ananas. Und einige Wochen später lag das Urmel in einer zwischen zwei Palmen befestigten Hängematte, die von Wutz – mit einer Schnur im Maul – hin und her gewiegt wurde.

Bald war Wutz ganz zufrieden mit ihrem Schicksal. Ständig war eines der Tiere bei ihnen um das Urmel zu necken oder um mit Wutz zu plaudern. Der Professor hielt sich kaum noch in seinem Blockhaus auf, das ganze Leben drehte sich um die Urmel-Babystube.

Nur an seinem Buch schrieb der Professor wie bisher oben in seinem Arbeitszimmer. Und hier fand er eines Tages auch den angefangenen Brief an Direktor Zwengelmann. Das Blatt war zwar etwas zerknittert und verunstaltet durch die Abdrücke von Wawas dreckigen Zehen. Professor Tibatong aber strich es sorgfältig glatt und setzte folgende Nachschrift darunter: »PS: Ätsch! Sie sind widerlegt! Wir haben ein Urmel, ein lebendiges! Was sagen Sie nun? Sein Ei kam in einem Eisblock zu uns auf die Insel Titiwu, durch Jahrmillionen tiefgekühlt und bestens erhalten. Wir brüteten es aus! Es ist gesund und munter. Mein Hausschwein zieht es auf. Haha!

Mit kollegialen Grüßen

Professor Habakuk Tibatong.«

Er lächelte schadenfroh, als er das Blatt säuberlich zusammenfaltete und auf die Außenseite die Adresse schrieb: »An Herrn Direktor Doktor Zwengelmann, Naturkundemuseum Pumpolon (Pumpolonien).«

Dann rollte er es so zusammen, dass er es durch den engen Hals einer leeren Himbeersaftflasche stecken konnte. Innen dehnte es sich wieder aus und schmiegte sich an den Glasrand. Die Anschrift war auf diese Weise deutlich zu lesen.

Professor Tibatong trieb mit der Faust einen Korken in die Flasche, knotete einen kurzen Strick um ihren Hals und schlenderte pfeifend zum Strand hinab.

Er suchte Schusch und fand ihn auf dem Ast über Urmels Wiegematte; eifrig kitzelte er das Kleine mit seinem Schnabel.

»Schusch«, bat er, »flieg bitte mit dieser Flasche hinaus aufs Meer. Du kannst sie bequem an dieser Schnur tragen. Lass sie möglichst weit draußen ins Wasser fallen! Nach meiner Berechnung müssten die Meeresströmungen sie in etwa drei Monaten nach Pumpolonien treiben.«

»Muss es gleich sein?«, fragte Schusch. »Wär spälen gerade so schön!«

»Es eilt!«, sagte Professor Tibatong.

Schusch flog mit der Flaschenpost davon um sie dem Nordäquatorialstrom anzuvertrauen.

»Hast du auch keine Dummheit gemacht, Professor?«, grunzte Wutz.

Wie Recht sie mit ihrer Befürchtung hatte, stellten sie alle leider viel zu spät fest.

Wir lernen einige neue Personen kennen

Pumpolonien war ein kleines Land, dessen Hauptstadt wie gesagt Pumpolon hieß. Da sich die Flaschenpost nur gemächlich seiner Küste näherte, haben wir Gelegenheit es ein wenig zu betrachten.

In der Hauptstadt Pumpolon gab es ein Naturkundemuseum, von dessen Direktor wir bereits gehört haben. Es gab außerdem einen Tiergarten und eine Universität, an der ein berühmter Zoologe lehrte. Und vor allem gab es einen König, der kein richtiger König mehr war. Er hieß nur noch so. Genau gesagt: Er hieß Pumponell der Fünfundfünfzigste. Aber das Parlament regierte nun ohne ihn, denn Pumpolonien war vor kurzem eine Demokratie geworden, und das ist wohl die dümmste Staatsform, die es für einen König gibt.

Der Thron war also futsch. Aus diesem Grunde gab sich der König selbst den Spitznamen König Futsch der Erste von Pumpolonien. So etwas nennt man Galgenhumor.

Und was macht ein König, der nicht regieren darf? Er langweilt sich! König Pumponell trat zwar dem Verband abgesetzter Könige bei – aber außer einer monatlich erscheinenden Zeitschrift hatte er nichts davon. Nur Beitrag musste er zahlen.

Eine Weile fand er Spaß daran, auszureiten, und eine Zeit lang gab er häufig Partys – bis ihm der demokratische Finanzminister sagte, dass dies ein unangebrachter Luxus sei. Er überlegte sich, ob er vielleicht wieder einmal auf die Jagd gehen sollte – nun ja, das war noch sein bester Gedanke seit langem –, aber eigentlich hingen auch schon in jedem Schlosswinkel Hirschgeweihe, Elefantenzähne und Bärenköpfe, die er, sein Vater, sein Großvater und sein Urgroßvater geschossen hatten. Eine Weile freut man sich über sie, aber dann verstauben sie – und basta! Schließlich sind sie kaum mehr ein Gähnen wert.

Ja, wenn er einmal ein Tier vor die Flinte kriegte, das noch niemand vorher gesehen hatte!

Aber solche seltenen Viecher gab es eben nicht mehr, seitdem so viele abgesetzte Könige auf die Jagd gingen!

Als er nun eines Morgens griesgrämig an seinem Frühstückstisch saß und sich von seinem kleinen Diener Sami die Brötchen schmieren ließ, stürmten drei Herren herein ohne anzuklopfen. Zwar ist ein entthronter König kein großes Zeremoniell mehr gewöhnt, aber so gehörte es sich doch wohl auch nicht. Auch Sami war so verdattert, dass er sich aus Versehen das Brötchen selbst in den Mund schob. Sami hieß eigentlich Samuel, aber der König nannte ihn nur mit seinem ganzen Namen, wenn er sehr wütend war.

Die drei stürmischen Männer waren: der Direktor des Tiergartens, der Zoologieprofessor und Doktor Zwengelmann, der Direktor des Naturkundemuseums. Doktor Zwengelmann schwenkte in der linken Hand eine leere Himbeersaftflasche und in der rechten ein Blatt Papier.

»Majestät!«, stammelte er.

»Majestät!«, rief der Tiergartendirektor.

»Majestät!«, japste der Zoologe.

»Aber meine Herren, was ist denn passiert?«, fragte König Pumponell erstaunt. »Schon wieder eine Revolution? Oder soll ich etwa von neuem regieren?«

»Ach, wegen solcher unwichtigen Kleinigkeiten würden wir Sie doch nicht belästigen!«, fauchte Zwengelmann. »Nein, denken Sie nur, Majestät, heute Morgen steht diese Flasche vor meiner Haustür neben der Milch und darin steckt dieser Brief . . .«

»In der Milch?«

»Natürlich nicht, Majestät, sondern in der anderen Flasche!«

»Drum!«, sagte der König. »Ich hätte mich sonst auch sehr über unsere Kühe gewundert. Nun, heutzutage werden ja die tollsten Erfindungen gemacht.«

»Aber Majestät, bitte scherzen Sie nicht«, rief der Zoologe, »die Sache ist viel zu ernst!«

»Die Flaschenpost hat natürlich dieser Tibatong aufgegeben«, fuhr Zwengelmann fort, »den ich für nicht ganz richtig im Oberstübchen halte. Dieser Narr behauptet ein lebendiges Urmel ausgebrütet zu haben . . .«

»In der Tat – etwas merkwürdig!«, meinte der König.

». . . was schon deshalb völlig unmöglich ist«, ereiferte sich Zwengelmann, »weil ich klipp und klar bewiesen habe, dass es nie Urmel gegeben hat und auch nie geben wird!«

»Nun«, brummte König Pumponell und trank einen Schluck Tee, denn der Streit der Gelehrten langweilte ihn, »und was ist ein Urmel?«

Doktor Zwengelmann versuchte ihm zu erklären, was er davon hielt; der Zoologe unterbrach ihn immer wieder dabei und der Tiergartendirektor blieb auch nicht stumm.

»Ich muss dieses Urmel erst sehen, ehe ich an seine Existenz glaube!«, zeterte Zwengelmann. »Und wenn es wirklich noch ein unbekanntes Tier gibt, dann ist es natürlich kein Urmel, sondern irgendetwas anderes, und dann will ich es ausgestopft ins Naturkundemuseum stellen.«

»Nein!«, rief der Direktor des Tierparks. »Dann muss es lebendig ins Freigehege!«

»Ob tot oder lebendig, Hauptsache, wir haben es!«, widersprach der Zoologe.

König Pumponell sprang auf. Seine Langeweile war futsch – wie weggeblasen!

»Großartig!«, rief er. »Sami, pack den Tropenhelm ein und tank den Hubschrauber auf! Wir machen eine Safari, wir jagen dieses Urweltgetüm – tot oder lebendig! Meine Herren, ich danke Ihnen!«

Und schon war er aus dem Frühstückszimmer gestürmt. Die drei Gelehrten sahen sich sprachlos an. Es missfiel ihnen sehr, so stehen gelassen zu werden. Denn jeder von ihnen hatte den König auf die Jagd begleiten wollen.

Das ahnungslose Urmel auf der Insel Titiwu aber machte »Quä-quä«!

Und Wutz versetzte die Hängematte in schaukelnde Bewegungen, indem sie brummte: »So sei schön still – eigentlich bist du doch schon längst zu groß für die Wiege!«

Das Urmel wächst heran

Noch trübte kein Wölkchen den heiteren Himmel über des Urmels Babystube. Wutz war sehr stolz – es wuchs und gedieh prächtig und seine Neugier wurde täglich größer. Auch Laufen lernte es, allerdings war es vorläufig noch eine Art Gänsewatscheln am Strand. Aber bald würde es wohl den Berg erklimmen können.

Von früh auf bekam es Professor Tibatongs Spezialtropfen zur Entwicklung der Lern- und Denkfähigkeit ins Babyfutter, entweder mit den Bananen, in die Kokosmilch oder zwischen die geriebenen Nüsse.

Endlich nahm es auch Gestalt an. Sonderbar genug sah es aus. Es ging aufrecht, seine Beine waren stämmig genug. Sein Schwanz war so lang und kräftig, dass es sich wie ein Känguru darauf stützen konnte. Dafür waren die Ärmchen zu kurz geraten; sie endeten in kleinen, mit Krallen versehenen Pfoten. Der Hals wiederum war ziemlich lang und der drollige Kopf zuoberst glich einem kräftig aufgeblasenen Luftballon, der dicht vorm Platzen stand – besonders wenn das Urmel wütend war. Und das kam natürlich auch vor – wie bei allen Kindern.

Meist aber funkelten seine Augen lustig, und ebenso vergnügt stellte es seine kleinen Ohren – es sah wirklich komisch aus! Zudem war das Urmel noch am ganzen Körper graugrün geschuppt. Ach, und schließlich dürfen die kleinen Flügel nicht unerwähnt bleiben, die auf seinem Rücken sprossen. Professor Tibatong verbrachte viele Tage und Nächte mit der Überlegung, ob es jemals würde fliegen können. Denn das hatte er seinerzeit bei der Urmelforschung nicht hieb- und stichfest geklärt, ob die Urmel flogen oder ob ihre Flügel nur verkümmerte Stummel waren wie die der Pinguine, Strauße oder der Dronten, von welchen keine einzige mehr lebt.

Als unser Urmel die geistige Reife eines etwa sechsjährigen Kindes hatte, begann Professor Tibatong mit den Sprechübungen. Dazu begab er sich ans Ufer in die Babystube. Tim Tintenklecks trug einen bequemen Stuhl hinunter. Und zum Schutz vor der brennenden Sonne, die der Professor nicht vertrug, spannte er so etwas wie einen rot geblümten Sonnenschirm auf, den der geschickte Junge selbst zusammengebastelt hatte.

»Oh, Professor!«, jammerte Wutz. »Habt ihr – öff! – etwa die Arbeitszimmervorhänge zerschnitten?«

»Schon möglich«, murmelte der Professor verlegen. »Tut mir Leid, aber es ist mir bisher noch nicht aufgefallen!«

»Schrecklich! Ich frage mich ernsthaft, wozu du Augen im Kopf hast – öff!«, seufzte Wutz. »Höchste Zeit, dass ich wieder für Ordnung sorge.«

»Tu es doch gleich!«, riet ihr der Professor. Er war ganz froh mit dem Urmel allein zu sein, und Wutz ging um im Blockhaus aufzuräumen.

Kaum aber war sie verschwunden, begann das Urmel zu plärren: »Äääääh – äh-hääääääääääää hähä uh-huhuhuhu-huuuuuuuuuuu – au hau – auhauwau – äääääääääääää!«

»Gott im Himmel!«, stöhnte Tibatong. »Das wird ein schöner Unterricht werden!«

Wutz ließ sich jedoch nicht beirren. Das Urmel war nun groß genug um auch einmal ohne sie zu sein.

Tibatong setzte sich auf den Stuhl unter dem

Schirm und wartete, bis das heftigste Geschrei verklungen war. »Pass auf«, sagte er dann zu dem greinenden Häufchen Unglück, »mach mal deinen Mund auf – sooo – und nun sag »Aaaa« – »Aaaa«!«

»Ähhh mähmäh!«, blökte das Urmel.

»Gut«, brummte Tibatong, »das ist schon ganz schön! Du brauchst es mir nur genau nachzumachen. Sieh mal – so: Mä! Mä!«

»Uh huhu huuuuuu!«, buhte das Urmel.

»Na schön: U – u – u – u – u – verstehst du, sag schön deutlich »U«!«

»I hihihiiiiiiii!«, wimmerte es.

»Schwärächkeiten, Professor? Wäll es nächt?«, plapperte Schusch aus dem Baum.

»Aller Anfang ist pfwer!«, krähte Ping Pinguin und Wawa meinte: »Tschuerst tscherbricht man sich immer die Tschunge!«

Begeistert über diese Unterbrechung reckte das Urmel zunächst den Hals zu Schusch empor und dann hinab, um Wawa und Ping Pinguin anzuschielen. Vergnügt schlug es mit den Stummelflügeln. Professor Tibatong meinte: »Begabt ist es jedenfalls. Die Vokale werden ihm keine Schwierigkeiten machen. Es kann sich nur noch nicht konzentrieren.«

Da schallte ein mörderisches Geschrei vom Berg herab.

»Ach herrje!«, rief der Professor. »Wutz hat anscheinend das Nest entdeckt, das sich Ping Pinguin unter dem Bett aus meinen weißen Hemden gebaut hat . . .«

»Eine Mupfel!«, berichtigte ihn dieser.

»Muschel oder Nest –«, seufzte Tibatong. »Wutz wird nichts anderes als die Hemden sehen!«

»Ich will aber eine Mupfel haben!«, jammerte Ping Pinguin.

»Ich gehe lieber hinauf!«, sagte der Professor, mit bösen Ahnungen im Herzen.

Er entfernte sich eilig. Kaum war er aber um das Bambusgebüsch gebogen und aus dem Blickfeld verschwunden, da quäkte das Urmel: »Hahaha! Der tann sich aba feuen!«

»Professor, Professor!«, schrie Schusch. »Das Urmel kann sprechen!«

»Pfui, du petzt!«, zischte es empört aus der Hängematte.

Ping Pinguin wird gekränkt

Als sich der Professor dem Blockhaus auf dem Gipfel des Berges Homi näherte, hörte er durch die geöffneten Fenster seltsame Geräusche. Es rumpelte, scharrte und kratzte. Das war Wutz, die heftig schnaubend Tische und Stühle hin und her rückte. Sie kam ihm auf der Türschwelle entgegen, den Bügel des Scheuereimers im Maul, und schüttete ihm eine braune Brühe vor die Füße. Er wollte eine Entschuldigung stammeln. Aber sie ließ ihn nicht zu Wort kommen. »Sei du still – öff!«, nörgelte sie. »Es ist alles noch viel schlimmer, als ich es mir vorgestellt hatte. Keine zehn Minuten darf man dich allein lassen, ohne dass dir die Tiere auf der Nase herumtanzen – öff! Oder hast du etwa all deine Hemden selbst unters Bett gezerrt und dich darin herumgewälzt?«

»Nein. Es war Ping Pinguin, er hat sich dort eine Muschel eingerichtet. Ich habe es ihm erlaubt! – Und nun hör mal, Wutz, Urmel hat gesprochen! Ist das nicht herrlich?«

»Ach, ich habe es schreien gehört – öff!«, grunzte Wutz. »Das nennst du sprechen? Quä! Quä! Damit kannst du mir die Sache nicht schmackhafter machen!«

»Es hat »Mama« gesagt«, schwindelte der Professor.

»Was hat es gesagt? Mama? Und zu dir? Und das erzählst du mir erst jetzt?« Sie sprang mit einem Satz über den Eimer und galoppierte den Berg hinunter, so dass ihr Ringelschwänzchen tanzte. Wie von wilden Bienen gejagt brach sie durch die Bambushecke. »Mein Liebling!«, quiekte sie. »Du hast Mama gesagt?«

»Mämä!«, winselte kläglich das Urmel.

»Ach, wie süß – Mama!« Das war Wutz' schönster Tag.

Trotzdem wollte sie den Professor keine Stunde länger im Blockhaus allein lassen. Sie zog um. Alle Tiere mussten helfen. Die Hängematte und den Sonnenschirm ließen sie am Strand. Es ist immer angenehm, Hängematten und Sonnenschirme in der Nähe des Wassers zu haben. Es gab aber genug anderen Kleinkram, den die Karawane den Berg hinauftransportieren musste – vor allem natürlich die Schlummertonne. Wutz hatte für das Urmel den Klassenraum als Kinderzimmer eingerichtet. Tim Tintenklecks drehte das Schild über der Tür um und malte mit viel Mühe und vielen Farbklecksen *Urmel-Zimmer* auf die Rückseite.

Hübsch sah das aus! Wutz und das Urmel schauten ihm glückselig zu, als er die neue Tafel über der Tür befestigte.

»Danz allein für mich?«, piepste das Urmel aufgeregt.

Ping Pinguin aber war ein wenig beleidigt. Er watschelte den Hang hinunter, indem er leise vor sich hinschnatterte: »So etwas Ungerechtes! Kaum auf der Welt, und pfon ein eigenes Haus! Aber wenn ich mir unter dem Bett eine ganz kleine bepfeidene Mupfel einrichte, kriege ich Pfimpfe!«

Infolge dieses Hinauswurfs fand Wawa seine Muschel von Ping Pinguin besetzt, als er seinen Mittagsschlaf darin halten wollte. »Ich tschähle bis drei«, raunte er, »wenn du dann noch nicht verschwunden bist, tschwicke ich dich in deinen Bauch! Eins . . . tschwei . . . –«

»Ach! Ihr seid alle pfeußlich ekelhaft!«, stöhnte Ping Pinguin verbittert. Er hüpfte aus der Muschel und wackelte einsam am Strand entlang, in tiefes Sinnen über die Schlechtigkeit der Welt versunken. »Traurig, traurig . . .«, sagte er zu sich selbst. »Seele-Fant hat so Recht! Und er wird mich verstehen! Ich will hinauspfwimmen und mit ihm traurige Lieder singen. Und ich werde nie, nie, nie wieder zurückkommen!«

Er betrachtete das weite Meer gedankenverloren. Dann stürzte er sich kopfüber hinein.

Wutz erzählt ein Märchen und Wawa verschwindet

Eine Weile war Wawa in seiner Muschel vergnügt. Er hatte gesiegt! Er klappte die Schale über sich zu und rollte sich bequem zusammen, blinzelte an die schimmernde Kuppel und dachte: »Wie schön! Die Sonne geht auf und unter und tschieht über mich hinweg, und ich . . . und ich . . . ach, es ist eigentlich doch sehr langweilig, so allein!«

Wo mochte Ping Pinguin wohl hingegangen sein? Ob er sehr gekränkt war? Eigentlich könnte er den obdachlos Gewordenen doch einladen gemeinsam mit ihm in der Muschel nachzudenken. Er zwängte seine Schnauze zwischen die Schalen und äugte hinaus, nach rechts und nach links –

aber Ping Pinguin war nirgends zu entdecken. Der Strand dehnte sich still und leblos. In Wawas Herzen zog das Gefühl unendlicher Verlassenheit ein. Er schlüpfte aus seinem Gehäuse. Klapp!, schlug die Muschel hinter ihm zu. Wawa wieselte über den Strand. Er wollte »Ping Pinguin!« rufen, aber seine Stimme war nicht so kräftig, es kam immer nur ein Zischen heraus. »Zisch Zischuin!« ... Niemand gab Antwort. Das Meer rauschte gleichmäßig und die Insel lag unter der glühenden Sonne in bleierner Erstarrung. Manchmal klangen Bruchstücke von Seele-Fants Lied zu ihm herüber, vermischt mit einem seltsam krächzenden Beiklang – Wawa beachtete es nicht.

Immer eifriger suchte er. Zweimal lief er den Strand hin und zurück – und schließlich erklomm er den Berg.

Zwar waren oben alle friedlich und heiter, aber von Ping Pinguin fehlte auch hier jede Spur. Der Professor saß über seinen Schreibtisch gebeugt, die Feder kratzte emsig über das Papier. Wawa ertrug dieses Geräusch nicht, es zog ihm die Haut über der Wirbelsäule zusammen. Tim Tintenklecks war nicht zu sehen. Vermutlich schaukelte er in einem Baumwipfel und plauderte gemütlich mit Schusch. Aus des Urmels neuem Kinderzimmer klang Wutz' gemütliches Grunzen. Neugierig erklomm Wawa die Wand und duckte sich aufs Fensterbrett. In der Dämmerung des Raumes lag das Urmel zusammengerollt auf einer Matratze. Wutz hockte im Schaukelstuhl und erzählte das »Märchen vom armen Schwein, das keine Kinder hatte«. Das Urmel lauschte, zufrieden schnaufend, mit halb geschlossenen Augen.

»Es war einmal ein armes Schwein mit Namen Öfföff«, sprach Wutz. »Das war ganz allein und hatte niemanden auf der Erde. Öfföff war wunderschön, ihre Haut war wie feinstes Marzipan – öff! –, sie hatte die verträumten Augen einer Prinzessin und das reizendste Ringelschwänzchen der Welt – öff! Aber sie war sehr unglücklich, weil sie sich so sehr ein Kind wünschte und keines bekam.«

»Warum betam sie denn tein Tind, war sie nich brav?«, fragte das Urmel.

»Sei still!«, grunzte Wutz. »Eines Tages ging Öfföff in den finsteren Wald um dort zu sterben. So traurig war sie – öff! Plötzlich aber sah sie ein Ei im Moos liegen. Und da sie großen Hunger hatte, wollte sie das Ei aufbrechen und ausschlürfen . . .«

»Das ist aba tomich!«, maunzte das Urmel. »Warum isst sie denn noch, wenn sie doch sterben will?«

»Du sollst ruhig sein!«, rief Wutz ungehalten. Dann fuhr sie fort: »Als sich Öfföff nun dem Ei näherte, hörte sie die feine Stimme der Schweinefee – öff! –, die unsichtbar in einem Heckenrosenbusch stand. Die Fee quiekte mit ihrer silberhellen Stimme – öff!: ›Nimm das Ei mit nach Hause und brüte es aus.‹ Natürlich wunderte sich das arme Schwein darüber, aber es tat, wie ihm geheißen ward. Öfföff nahm das Ei mit in ihr Haus und legte sich darauf um es auszubrüten.«

»Haha!«, lachte das Urmel. »Da tnackste das Ei aba entzwei!«

»Dummes Kind!«, schnaufte Wutz. »Warum sollte Öfföff das Ei denn kaputtmachen?«

Wawa glitt von der Fensterbank. Er wusste schon ungefähr, wie die Geschichte des armen Schweines weiterging. Und er fand sie nicht so interessant. Desto größer war seine Sehnsucht nach einem vernünftigen Gespräch. Er machte sich erneut auf die Suche, denn irgendwo musste Ping Pinguin ja stecken. Wawa huschte durch den Wald, kletterte über Wurzeln und raschelte unter Farnkräutern hindurch. So gelangte er in eine Gegend der Insel, die er bisher noch nie betreten hatte. So weit war er um den Berg Homi herumgewandert.

Plötzlich hörte er mit seinen scharfen Ohren eine leise, seltsame Musik, die aus dem Inneren des Berges zu kommen schien. Es klang wie Windesrauschen – oder wie der Schall von Tausenden und Abertausenden von Flöten. Wawa hob den Kopf und lauschte. Neugierig huschte er näher – da öffnete sich plötzlich vor ihm ein Höhlenschlund, ein dunkler Gang, der tief, tief ins Berginnere führte. Wo mochte er enden?

Wawa schlängelte sich hinein. Einen Augenblick nur zögerte er – dann verschwand sein Schwanzende aus dem Licht des Tages.

Seele-Fant bekommt Besuch

Seele-Fant war daran gewöhnt, allein auf dem Felsenriff zu sitzen. Dieses war wild und zerklüftet, zwischen den Klippen gurgelte das Wasser, und weißer Schaum schaukelte hin und her.

Das Felsenriff war eine kleine Insel für sich, eine ganz winzige, deren Mitte so abgeplattet war, als wäre eine Säge darüber hinweggegangen.

Als Ping Pinguin vor ihm aus dem Wasser auftauchte, blickte ihn Seele-Fant verwundert an, denn selten besuchten ihn die anderen Tiere. Nun, es war ja auch wirklich keine einladende Gegend hier draußen. »Öst wödör eun Eusbörg angökommön?«, fragte er. »Odör was sonst?«

»Nichts!«, krähte Ping Pinguin. »Ich dachte, dass du dich vielleicht sehr einsam fühlst und dass du es pfön findest, dich mit jemandem zu unterhalten!«

»Wörklöch?«, brummte Seele-Fant. »Du hast doch so völö andörö Freundö auf dör Önsöl!«

Ping Pinguin hüpfte aus dem Wasser. Nun saß er zwergenklein neben dem massigen See-Elefanten: »Ach, weißt du – seit das Urmel da ist, ist es nicht mehr so pfön wie früher. Ich bin traurig. Deshalb bin ich zu dir gekommen. Du verstehst das! Ich möchte mit dir singen!«

»Eun traurögös Löd?« Seele-Fants Augen schimmerten feucht. »Ös könntö schön seun, traurögö Lödör zosammön zo söngön . . .«

»Ja – sehr pfön!«, seufzte Ping Pinguin.

Und alsbald sangen sie wehmutsvoll das Seemannslied:

»O Wolkön, Wönd ond rauö Söö,
ons öst oms Hörz so söltsam wöh,
dö Wolkön zöhn, ös pfäumt dö Göscht,
bös dass meun armös Hörzö bröcht . . .«

Aber am heiterblauen Himmel war nicht das kleinste Wölkchen zu sehen.

Deshalb brummte der Hubschrauber von König Futsch dem Ersten auch so gleichmäßig über den Ozean. Seine Majestät hielt das Steuer lässig, der Tropenhelm hing schief auf seinem Kopf, das geladene Gewehr lag quer über seinen Knien und er pfiff leise vor sich hin.

Mit halb geschlossenen Augen döste Sami, der kleine Diener, auf dem Nebensitz. Die Sonne brannte durch die Glaskuppel. Nur Bläue über ihnen – unter ihnen nur blaues Meer. Sami gähnte. »U-aaah – Majestät, wie weit ist es denn noch zu dieser sagenhaften Insel mit diesem grauenhaften Ungeheuer?«

»Such den Horizont ab. Wir müssten sie bald erreichen!«

Träge führte Sami das Fernglas an die Augen. »Wasser – Wasser – Wasser . . .«, seufzte er. »Nichts als Wasser. Oder halt! Vielleicht ist der dunkle Streifen am Horizont dort Land – oder so etwas Ähnliches?«

»Was für ein Ähnliches wie Land gibt es denn?«, fragte der König.

»Eine Insel eben . . .«, antwortete Sami.

Weiter schwirrte das riesige Insekt. Dann rief Sami: »Wir haben es geschafft! Es ist eine Insel mit einem Berg.«

Der König drosselte den Motor. »Und das Ungeheuer? Siehst du es?«

»Nein!«

»Das ist gut! Was wäre das auch für ein Jagdvergnügen, bei dem man das Wild nicht aufspüren müsste!«

»Oder sollte dies das Ungeheuer sein?«, überlegte Sami nach einer Pause. »Vor der Insel ist eine Felsplatte im Wasser und auf ihr sitzt ein großes Tier.«

»Wir wollen es ansehen!« Der König steuerte auf das Riff zu, der Hubschrauber sank in einer eleganten Spirale.

Aber sie sahen nichts. Seele-Fant und Ping Pinguin hatten sich rasch unter einem Vorsprung verborgen.

Der König landete wie abgezirkelt in der Mitte der Plattform. Er stellte den Motor ab, entsicherte die Büchse und sprang aus der Maschine.

Zunächst dehnten und reckten sie sich beide. »Hier war aber bestimmt ein Tier!«, sagte Sami.

»Es wird sich versteckt haben. Suchen wir!« Auf Zehenspitzen schlichen sie am Rand der Steinplatte entlang und schauten zwischen die aus dem Wasser ragenden Felsbrocken und Zacken.

»Komöschör Tag heutö!«, raunte Seele-Fant Ping Pinguin zu. »Ömmörzo krögö öch Bösoch!«

Der König warf sich auf den Bauch um hinabzuschauen. Seine Nase stieß fast an Seele-Fants Schnauze.

»Gotön Tag! Sönd Sö ötwa auch traurög?«, brummte Seele-Fant.

König Pumponell zuckte zusammen. Da löste sich ein Schuss – päng! Aber er ging in die Luft.

»Fotsch öst fotsch!«, bemerkte Seele-Fant.

»Söhr traurög. Hofföntlöch war ös nöchts Wörtvollös?«

»Sami!«, schrie der König verblüfft. »Ich habe wohl den Sonnenstich! Fühl mal meine Stirn! Das Tier redet und kennt meinen Spitznamen!«

Auch Sami war zunächst sehr erschrocken. Aber er beruhigte sich, als er Seele-Fants gutmütige Augen sah. Immer schon hatte er Seehunde, See-Elefanten und Robben gern gehabt. Und Pinguine erst recht. Er warf sich neben seinen König auf den Boden und rief begeistert: »Sie sprechen wirklich!«

»Ich wette, das ist ein Werk dieses komischen Professors!«, erklärte der König. »Aber wer kann uns nur angekündigt haben?«

»Gar niemand!«, schnatterte Ping Pinguin. »Gehört euch diese fliegende Mupfel?«

»Bei meiner Krone! Das ist doch das Tollste, was ich bisher erlebt habe! – Kommt nur herauf, ihr zwei, wir tun euch nichts!«, rief König Futsch, dem es Spaß machte, im Urlaub bei seinem Spitznamen zu bleiben.

»Also gut!«, meinte Ping Pinguin. »Ich wollte pfon lange mal mit einem Menpfen sprechen: Dieses sinnlose Jagen und Abknallen von uns Tieren, bloß um sich ein paar Federn mehr an den Hut zu stecken oder um sich ein paar Zähne mehr an die Wand zu hängen, finde ich eine große Gemeinheit!«

»Hoppla!«, sagte König Futsch. »Du bist aber ganz schön mutig!«

Die beiden Tiere erklommen die Plattform. Der König und Sami hockten sich nieder um mit ihnen in gleicher Höhe zu sein – Auge in Auge. Seine Majestät stellte sich vor.

»Bist du wirklich ein richtiger König?«, fragte Ping Pinguin ungläubig.

»Je nachdem – man hat mir die Krone weggenommen!«

»Oh, wö trauräg!«, brummte Seele-Fant.

»Und was wollt ihr bei uns?«, forschte Ping Pinguin.

»Wir fliegen umher um die Welt von oben zu betrachten! Und außerdem suchen wir ein grässliches Ungeheuer. Kennt ihr es?«

»Hahahaha!« Ping Pinguin kicherte und hüpfte. »Ungeheuer! Na, wenn ich das Wutz erzähle, wird sie dir vielleicht ein paar unfreundliche Dinge sagen! Un-ge-heuer! Hihihihi!«

»Das würde ich ihr nicht raten!« Der König machte ein strenges Gesicht. »Wer ist Wutz?«

»Wutz? – Du kennst Wutz nicht? Wutz ist ein Schwein. Sie führt dem Professor den Haushalt. Und zieht das Urmel auf!«

»Wir haben es!«, jubelte der König. Er sprang auf. »Ich muss es haben – tot oder lebendig.«

Ping Pinguin zuckte zusammen. Er starrte den König an. Und plötzlich sprang er kopfüber ins

Wasser. Wie ein Pfeil, der von einem Bogen abgeschossen wird.

Und war verschwunden.

»Was war das?«, rief der König.

»Öch weuß nöcht«, antwortete Seele-Fant.

»Ör scheunt nöcht möhr traurög zo seun. Abör öch bön ös wödör!«

»Jedenfalls habe ich Hunger!«, meldete sich Sami.

»Gut, dann werden wir hier picknicken!«

Sami schleppte den Esskorb aus der Kabine. Er breitete ein weißes Tuch aus. Und sie schmausten. Interessiert schaute ihnen Seele-Fant zu. Seine Schnauze wanderte vom einen zum anderen. Aber als ihm Sami ein Stückchen Käse reichte, rümpfte er die Nase. »So ötwas össt öhr?«, fragte er. Und er schüttelte sich.

Ping Pinguin bringt schlechte Nachrichten

Vergessen waren die Muschel und aller Ärger! Ping Pinguin wusste: Dem Urmel drohte Gefahr!

Er fand das Blockhaus in tiefstem Frieden vor. Als ob sich nicht am Horizont bereits die düstersten Wolken auftürmten! Wutz sonnte sich auf der Türschwelle von des Urmels Kinderzimmer, in der Hoffnung, braun zu werden. Sie schlummerte und grunzte leise im Traum. Schusch lauerte hinter der Hausecke. Seine runden Augen leuchteten unternehmungslustig. »Ställ!«, flüsterte er Ping Pinguin mit leise kratzender Stimme zu. »Äch wäll mäch anschleichen und Wutz äns Hänterteil zwäcken! Machst du mät?«

Ping Pinguin schüttelte den Kopf. »Nein!«, krähte er und watschelte eilig ins Arbeitszimmer. »Aufwachen! Aufwachen!« Schusch schüttelte verärgert sein Gefieder. Und Wutz sprang auf und schnaufte: »Bist du schon wieder da? Du kannst aber was erleben – öff! –, wenn du noch einmal die weißen Hemden aus dem Schrank zerrst!«

Professor Habakuk Tibatong legte erstaunt den Federhalter aus der Hand.

Tim Tintenklecks und das Urmel kamen. Alle schauten Ping Pinguin gespannt an.

Aber dieser war so erschöpft, dass er sich auf den Boden fallen ließ und die Augen schloss. Sein Gefieder hob und senkte sich mit jedem Atemzug.

Tibatong meinte besorgt: »Gießt ihm kaltes Wasser über!«

»In der Stube?« Wutz war empört.

Ping Pinguin rappelte sich auf: »Es ist pfon gut! Ich bin nur zu pfnell gepfwommen und zu pfnell den Berg hinaufgelaufen! Wo ist das Urmel?«

»Hier!«, quiekte es. »Bist du der Sweinefee im Heckenrosenstrauch begegnet?«

»Leider nicht! Aber einem König ohne Krone!«

»Wie aufregend! Wie sieht er aus?«, grunzte Wutz.

»Er kam in einer fliegenden Mupfel, er hat einen Helm auf dem Kopf . . .«

»Ein Ritter!«, rief Wutz begeistert.

»Lass mich doch ausreden! – Er hat einen Helm auf und einen Diener und ein großes Gewehr und will das Urmel schießen!«

»Nur mich?« Das Urmel reckte sich stolz.

Der Professor wurde blass. »Aber ... woher kann er es nur wissen?«, grübelte er. »Sollte etwa Zwengelmann ...? Ja, natürlich ... die Flaschenpost! Oh, ich eitler, eingebildeter Dummkopf!«

Wutz blickte ihn düster an: »Das werde ich dir nie verzeihen – öff! Mein armes Kleines!« Große Tränen rannen aus ihren Augen. »Aber ich werde diesen König unter meinen Klauen zermalmen!«

Schusch klapperte vor Schreck mit dem Schnabel.

Tim Tintenklecks hatte bisher geschwiegen. Jetzt sagte er: »Das Urmel muss versteckt werden!«

»Ich will aba den Tönig sehen! Ich habe noch nie einen Tönig desehen!«, jammerte es verzweifelt.

Wutz trabte aufgeregt durch die Stube. »Aber wo?«, fragte sie, nach einem geeigneten Versteck suchend. Sie durchstöberte alle Winkel, rutschte unter das Bett, schnüffelte unter den Schrank, in den Papierkorb: Sie benahm sich einfach kopflos.

»Am besten sperren wir es in sein Zimmer, machen Tür und Fenster zu und lassen niemanden hinein!«, meinte Professor Tibatong.

Es hat aber noch nie Kinder gegeben, die sich gern einsperren ließen, vor allem nicht, wenn interessanter Besuch angekündigt war, und das Urmel gehörte sowieso nicht zu den artigsten. Es zeterte und schrie fürchterlich. Es hatte eben noch nichts Böses erlebt und wusste nicht, was schießen bedeuten sollte. Irgendein lustiges Spiel, vermutlich.

Mit Mühe und Not, mit vielen Versprechungen, ihm Zuckerstückchen zu schenken und ihm noch mehr hübsche Märchen zu erzählen, brachten sie es schließlich doch in sein Zimmer. Und mit treuherzigem Augenaufschlag versprach es sogar sich still zu verhalten.

Sie atmeten auf! Und gelobten feierlich keine Ahnung zu haben, was ein Urmel sei. »Ein Urmel? Nein! Nie gehört!«, lautete die Losung.

Wie eine gefräßige Heuschrecke schwirrte der Hubschrauber über den blank polierten Ozean zum Berggipfel und umkreiste das Blockhaus in so geringer Höhe, dass die Federn der Vögel aufwirbelten.

Deutlich sahen sie die Insassen. Sami grinste und der König hob grüßend die Hand. Das wäre kein schlechter Beginn der Bekanntschaft gewesen, wenn nicht der Gewehrlauf so grell in der Sonne geblitzt hätte.

Der Hubschrauber schwebte über die Baumwipfel und sank hinter dem Abhang zum Strand hinunter. Das Motorgeräusch verstummte.

»Wir wollen ihn begrüßen!«, sagte Tibatong. »Vielleicht können wir den König zum Freund gewinnen!«

»O ja, zu meinem Freund!«, echote das Urmel durch das geschlossene Fenster.

»O Himmel! Ist das Kind ungezogen – öff!«, seufzte Wutz.

»Aber warum schaust du denn so starr auf die Tür, Schusch?«

»Äch überlege nur, ob der Könäg uns glauben wärd, dass wär nächts von dem Urmel wässen, wenn er das Schäld läst: Urmel-Zämmer!«

»Ich fürchte, wir sind schlechte Lügner!«, brummte der Professor besorgt.

Tim Tintenklecks drehte das Schild um, nun hieß es wieder:

Habakuk Tibatongs Tier-Sprechschule
Unterricht freiwillig – nach Vereinbarung

Verschiedenes passiert

Der König war ganz in der Nähe der Babystube auf dem Strand gelandet. Nun beobachtete er die Karawane des Professors, die sich den gewundenen Weg hinabbewegte, durchs Fernglas. Es war ein unvergesslicher Anblick: Hinter dem Professor trottete ein Schwein, ihm folgten würdig wackelnd ein Pinguin und ein Schuhschnabel und als Schlusslicht leuchteten die roten Haare eines Jungen.

Als er auf den König zutrat, rief Professor Tibatong: »Willkommen auf der Insel des Friedens zwischen Mensch und Tier!« Er hatte sich diese Worte genau überlegt und fand sie sehr klug. Denn sie drückten sinngemäß aus, dass hier das Jagen unverzeihlich war.

Der König, der Professor, Tim Tintenklecks und Sami reichten sich die Hand.

Die Tiere schauten mit schief gelegten Köpfen zu.

König Futsch hatte sich auch einen Plan gemacht. Er wollte dem Professor das Urmel durch Schmeichelei ablocken. Darum sagte er: »Es ist mir eine große Ehre, den berühmten Professor Tibatong kennen zu lernen. Schon lange bewundere ich Ihre Werke! Man wird noch in Jahrhunderten von Ihnen sprechen!«

»Nicht doch!«, wehrte der Professor bescheiden ab. Aber seine Augen strahlten. Unüberlegt lud er den König in sein Haus ein. Und während sie nebeneinander den Berg hinaufgingen, plauderte König Futsch pausenlos weiter, ja er tätschelte sogar Wutz aufs pralle Hinterteil, was sie zu seligem Erröten brachte. Durch seine Liebenswürdigkeit hatte der König sie alle schon für sich eingenommen. »Schön ist es hier!«, rief er, als sie endlich vor dem Blockhaus standen. »Und das ist also die berühmte Tier-Sprechschule, von der sich alle Welt Wunder erzählt. Darf ich sie besichtigen?«

Der Professor war von dem Gespräch mit Seiner Majestät so angetan, dass er alle Gefahr vergaß. Ohne Zögern ging er auf die Tür zu. Aber da lief ihm Wutz vor die Füße. »Nein – öff! Es ist doch nicht aufgeräumt!«, quiekte sie.

Das Urmel presste innen sein Ohr an die Tür um ja alles zu hören. Jetzt zog es enttäuscht eine Schnute.

Habakuk Tibatong schaute verlegen drein; er stammelte etwas von einem verlorenen Schlüssel und führte den König am Arm ins Arbeitszimmer. Seine Majestät und Sami zwinkerten sich zu. Das hieß: Aha! Hier ist das Urmel also!

Oh, wie unaufgeräumt war erst das Arbeitszimmer! Wutz schämte sich. Jetzt, da sie Besuch hatten, bemerkte sie es so richtig. Sie klapperte am Herd mit Topf und Deckel um Tee zu kochen. Da keine anderen Sitzgelegenheiten vorhanden waren als ein wackliger Stuhl, ließen sich der König und Sami auf des Professors Bett nieder, so wenig königlich dies auch war.

Es wird um den heißen Brei herumgeredet

Sie plauderten noch eine Weile unverbindlich miteinander und schlürften den von Wutz zubereiteten Tee. König Futsch schwor, er wolle in Zukunft seinen Haushalt ebenfalls einem Schwein anvertrauen. Unvermittelt aber kam er auf den Zweck seines Besuches zu sprechen: »Und wo ist nun das Urmel?«

Der Professor stotterte überrumpelt: »Das Urmel . . . Majestät . . . Was meinen Sie?«

»Aber mein Lieber! Professor Tibatong, der Entdecker des Urmels, von dem die Wissenschaft mit Bewunderung spricht, fragt mich, was ich meine? . . .«

»Majestät . . .«, murmelte Professor Tibatong

mit gesenktem Haupt, »ich muss leider gestehen ... ich habe mich geirrt. Es gibt keine Urmel! ...«

»So – und die Flaschenpost?«

»Nur ein Scherz, Majestät! Wirklich, ich bedaure sehr ...«

Der König wusste natürlich, dass der Professor log und dass ihm dies peinlich war. Er beschloss deshalb ihn einzuschüchtern und sagte: »Professor, ich lasse mich nicht anschwindeln. Ich habe geschworen das Urmel tot oder lebendig nach Pumpolon zu bringen! Ich würde mich ja vor meinen königlichen Kollegen, vor Zwengelmann, dem Tiergartendirektor und dem Zoologieprofessor lächerlich machen, wenn ich mich von Ihnen hinters Licht führen ließe? – Ich rate Ihnen dringend die Wahrheit zu sagen. Ich werde hier nach dem Urmel suchen, bis ich es gefunden habe: Ich habe eine sichere Hand und schieße scharf! Geben Sie es lieber freiwillig heraus, ich zahle einen hohen Preis und es bleibt am Leben. Im Tierpark wird es ihm gut gehen; es bekommt einen eigenen Käfig!«

Wutz stand hinter Seiner Majestät. Sie fletschte die Zähne – Furcht erregend! Der Professor hob verwirrt die Hände: »Majestät ...«, stammelte er, »bitte – wechseln Sie das Thema!«

König Futsch dachte einen Augenblick nach. »Gut ...«, sagte er schließlich. »Sprechen wir von etwas anderem. Vielleicht, lieber Professor, kehre ich nämlich nie wieder nach Pumpolon zurück – und dann kann mir der alte Zwengelmann den Buckel runterrutschen! Ja, ich möchte hier bleiben! Sie sind alle so reizend. Die Insel ist ein Kleinod und das Allerbeste ist: keine demokratische Regierung, kein Parlament! Hier kann ich wieder König sein! Ich erkläre die Insel Titiwu zum Königreich! Ist das nicht herrlich?«

Sprachlos sahen sich der Professor, Tim Tintenklecks und die Tiere an. Scherzte der König oder meinte er es ernst? Wollte er ihr Paradies zerstören?

Munter, als bemerke er ihre besorgten Mienen nicht, machte er weiter Pläne: »Wir bauen einen gemütlichen Palast, vielleicht hier, wo das Blockhaus steht – Sie bekommen natürlich ein anderes, Professor! Oh, wir werden uns gut vertragen! Ich ernenne Sie alle zu Hofbeamten! Sie, Professor, werden Staatsminister, Ihren kleinen Freund mit den roten Haaren mache ich zu meinem Adjutanten, er bekommt eine schöne Uniform. Der Pinguin dürfte sich glänzend zum Nachrichtenübermittler eignen, er hat ja heute schon einen schönen Beweis seiner Fähigkeiten geliefert. Der Schuhschnabel wäre ein prächtiger Kammerdiener, der mir am Morgen die Kleider ans Bett trägt; vielleicht kann ich seine untere Schnabelhälfte sogar als Schuhlöffel benutzen. Nun, und Ihr Schwein ... Pardon! Ich meine: Ihre reizende

Haushälterin wird die königliche Küche führen ...«

Der König redete sich in Feuer. Für einen kleinen Augenblick hatten die Tiere sogar Spaß an dem Spiel. Wutz vergaß ihre Wut. Sie reckte geschmeichelt den Rüssel, Schusch stolzierte so herum, wie er sich einen Kammerdiener vorstellte, und Ping Pinguin schien bereits eine wichtige Nachricht zu erwarten, die er übermitteln sollte. Nur der Professor und Tim Tintenklecks machten betretene Gesichter.

Aber während König Futsch noch dabei war, auf der Insel Titiwu ein neues Königreich zu gründen, ging plötzlich die Tür auf. Ein nilpferdähnlicher Kopf quengelte: »Und was werde ich? Ich will Tönigin werden, oda Pinzessin, oda ...«

»Was ist das?«, schrie König Futsch. »Sie haben mich belogen, Professor!« Er sprang auf, riss das Gewehr an die Wange und schoss. Ein Knall peitschte durch den Raum. Gebälk zersplitterte. Der König lag auf dem Bett, denn Tim Tintenklecks hatte sich blitzschnell über ihn geworfen.

Durch den Wald aber jagte das zu Tode erschrockene Urmel, sauste quietschend geradeaus, ohne Ziel, unter den Bäumen dahin, deren Äste ihm ins Gesicht schlugen, sprang über Löcher und Steine und lief ... lief ... lief!

In der Stube herrschte tiefes, beklommenes Schweigen. Der König hatte Tim Tintenklecks abgeschüttelt und war aufgesprungen. Alle waren wie versteinert.

Auch König Pumponell war verlegen. Er schämte sich sogar ein wenig. Zum einen, weil er so erschrocken war, dass er fast unfreiwillig geschossen hatte, wie ein Jäger, der sofort losknallt, wenn er das Wild vor die Flinte bekommt. Zum anderen, weil er nicht getroffen hatte. So eine Schande!

Und weil ihm das alles peinlich war, war er auch wütend und suchte einen Sündenbock. Böse sagte er zum Professor: »Sie ... Sie haben gelogen! Das verzeihe ich Ihnen nie! Und nun werde ich das Urmel erst recht suchen, selbst wenn ich ein Jahrhundert auf der Insel bleiben müsste! – Komm, Samuel!«

Dass er den vollständigen Namen Samis gebrauchte, zeigte so recht, wie böse er war.

Und sie verließen das Blockhaus ohne sich noch einmal umzudrehen.

Es geschieht nur Vergebliches

Wäre eine Stecknadel zu Boden gefallen, es hätte wie ein Schuss geknallt – so still war es im Raum. Schließlich räusperte sich Wutz. Sie grunzte gerührt: »Danke, Tim Tintenklecks – öff! Du hast das Urmel gerettet! Öfföff!«

»Oh! Das war doch selbstverständlich«, antwortete er.

»Aber was soll nun geschehen? Wir müssen das Urmel sofort so verstecken, dass es der König nie und nimmer finden kann!«

»Ganz schön und gut – öff! Aber dazu müssen wir es erst wieder finden! Wo kann es nur sein?« Wutz öffnete die Tür und quiekte hinaus: »Urmel! Urmel! Komm nach Hause! Wir sind allein, der böse König ist fort!«

Nichts rührte sich. Nur die Grillen zirpten.

»Urmel futpf, alles futpf!«, krähte Ping Pinguin. Er wollte einen Scherz machen, aber niemand lachte. Dann fragte er: »Wo ist eigentlich Wawa? Ich suche ihn pfon lange!«

Ja – wo steckte Wawa? Die Lage wurde immer schwieriger. Professor Habakuk Tibatong dachte angestrengt nach. Dann sagte er: »Das Urmel befindet sich in Lebensgefahr, solange wir es nicht sicher versteckt haben und solange der König es jagen will. Deshalb müssen wir zweierlei tun: Wir müssen das Urmel finden und wir müssen versuchen den König umzustimmen. Wir teilen uns: Wutz und Ping Pinguin gehen gemeinsam auf die Suche nach dem Urmel, Schusch fliegt über die Insel und Tim Tintenklecks wird mir helfen ein offenes Wort mit dem König zu sprechen!«

»Soll nicht lieber ich mit dem König reden – öff? Ich werde ihm ganz gründlich meine Meinung sagen!«, grunzte Wutz böse.

»Um Himmels willen!«, rief Tibatong. »Das würde alles endgültig verderben!«

»Ach, du bist immer viel zu gutherzig. Wir sollten den König überfallen und einsperren! Öff-öff!«

Nun, das blieb immer noch als letzter Ausweg. Zunächst eilten Tibatong und Tim Tintenklecks hinunter an den Strand. Sie schlitterten mehr, als dass sie gingen. Zeitweilig segelten sie mit ausgebreiteten Armen um nicht hinzufallen.

Die Jacke des Professors flatterte wie eine Fahne im Sturmwind hinter ihm her.

Vergeblich! Sie hätten genauso gut zu Hause bleiben können. Dabei hatte sich der Professor so eine schöne, gelehrte und moralische Rede ausgedacht, vom Paradies, vom Sündenfall und von Kain und Abel . . .

Sie waren noch gar nicht unten, da war der König schon wieder oben! Oben in der Luft nämlich, mit seinem Hubschrauber. Er war sofort hineingeklettert und aufgestiegen um das Urmel aus der Luft zu verfolgen.

Sami richtete in der früheren Urmel-Babystube das Jagdlager her: Heia Safari! Die Hängematte machte er zum königlichen Bett; dann spannte er den Sonnenschirm auf und verteilte die Kleider auf Bügel in den Ästen.

Als ihn Tim Tintenklecks anredete und ihn bat ihnen zu helfen, zuckte er nur die Achseln. »Nichts zu machen, Seine Majestät ist jetzt wütend, da lässt er nicht mit sich reden. Und das kann Tage dauern. Ein König ist es nun einmal von Kind auf gewöhnt, alles zu bekommen, was er will. Er hat sowieso schlechte Laune, weil man ihm die Krone weggenommen hat. Jetzt will er eben das Urmeltier haben . . .«

Es hatte wohl keinen Sinn, auf die Rückkehr des

Königs zu warten. Für sie unerreichbar kreiste er über der Insel.

Bedrückt traten Tibatong und Tim den Rückweg an.

Wutz und Ping Pinguin waren ebenfalls fortgegangen.

Vorhin, als sich alle getrennt hatten, wollte Wutz gleich davonstürmen. Aber Ping Pinguin hielt sie zurück: »Nicht so pfnell! Erst nachdenken!«, rief er.

»Nachdenken?« Wutz schnaufte empört. »Mit Nachdenken vergeht der Tag und es kommt die Nacht und der König findet das Urmel und alles Nachdenken ist vergeblich gewesen.«

»Wo würdest du hingehen, wenn du dich verstecken müsstest?«

»Ich muss mich ja nicht verstecken!«

»Ich meine ja nur, wenn!«

»Wozu soll ich darüber nachdenken, wenn ich mich nicht verstecken muss – öff?« Wutz vermochte Ping Pinguins Überlegungen nicht zu folgen.

Ping Pinguin setzte sie ihr auseinander: »Weil das Urmel vielleicht genau dasselbe denken würde wie du, und dann brauchten wir jetzt nur dahin zu gehen, wo du hingehen würdest – und hätten das Urmel pfon gefunden!«

»Ach – wirklich?«, grunzte Wutz erfreut. »Wo würde ich denn hingehen – öff?«

»Das will ich ja gerade von dir wissen.« Ping Pinguin wurde ungeduldig. »Ich jedenfalls wüsste, wo ich hingehen würde . . .«

»Dann sag es doch!«

»In Wawas Mupfel! Ich ginge dorthin und machte die Pfalen über mir zu und niemand könnte mich finden!« Wutz schaute ihn an wie eine himmlische Erscheinung. »Jaja, öfföff! Das Urmel ist bestimmt in der Muschel!«

Über ihnen donnerte der Hubschrauber.

Eilig trabte Wutz voraus. Ping Pinguin watschelte hinter ihr her, so schnell ihn seine Schwimmfüße trugen. Er war so stolz das Urmel allein durch Nachdenken gefunden zu haben! Und er freute sich, dass Wutz nun nie mehr auf seine Mupfel schimpfen konnte, und hätte er sie auch mit sämtlichen weißen Hemden der Welt ausgepolstert, und er war froh Wawa wieder zu sehen, der ganz sicher neben dem Urmel in der Muschel saß und ihm seine besinnliche Geschichte von der Sonne und dem Mond erzählte, die über ihn dahinzogen.

Aber als sie hinter den großen Felsen am Kiesstrand vor der verschlossenen Muschel standen, hörten sie nichts. »Sie fürchten sich, weil sie nicht wissen, dass wir, ich und du, es sind!«, flüsterte Ping Pinguin zuversichtlich. »Wir sind es, Wutz und Ping Pinguin!«, krähte er laut. »Macht auf!«

Wutz blickte auf die Muschel und danach auf

ihren wohlgerundeten Bauch und brummte: »Sag mal – glaubst du – öff –, dass ich in diese Muschel hineinpasse?«

»Ich war schon drin!« Ping Pinguin klopfte sich mit den Flügelstummeln auf die Federbrust. »Aber du . . . du bist bestimmt zu dick!«

»Eben! Wie soll dann erst das Urmel darin Platz haben?«, seufzte Wutz.

Ping Pinguin zwinkerte verlegen mit den kugelrunden Augen. »Das haben wir nun von deiner Nachdenkerei! Nur kostbare Zeit verloren!« Wutz war empört.

Genauso erfolglos blieb Schusch. Er kreiste immer wieder über der Insel, entweder direkt über den Baumwipfeln oder hoch unter den Wolken – umsonst! Von dem Urmel war nicht die kleinste Schuppe zu entdecken, nicht sein Nilpferdkopf, nicht sein langer Hals, nicht sein Schwanz. Schusch lugte in Felsspalten. Er glitt mit ausgebreiteten Flügeln über Täler und Höhen. Er duckte sich unter dichte Äste um sich vor dem Hubschrauber zu verbergen. Und schließlich flog er sogar übers Meer zu Seele-Fant, obwohl er noch nie gehört hatte, dass das Urmel schwimmen oder fliegen könne – aber wer wusste denn, was für Fähigkeiten es in seiner Angst entwickelte?

Seele-Fant unterbrach sein Lied. Mit gerunzelter Stirn brummte er: »Dös öst eun söltsamör Tag – ömmörzo bökommö öch Bösoch. Nöcht dass öch möch nöcht daröbör freutö – abör könntöt öhr ös nöcht eun wönög vörteulön? Tagölang kömmört söch nömand om möch, ond dann wödör kommö öch vor lautör Gotöntagsagön nöcht möhr zom Söngön!«

»Äst das Urmel här?«

»Ach neun – das auch noch? Wönn do öhm bögögnöst, sag öhm doch, ös möchtö eun andörmal kommön!«

Schusch starrte in die schäumende See. Wie hoffnungslos war doch alles!

Das Urmel wird endlich gefunden und verschwindet sofort wieder

Wo aber war das Urmel nun wirklich? War es verzaubert, hatte es der Erdboden verschluckt?

Es war gerannt und gerannt und wusste selbst am allerwenigsten wohin! Es holterdiepolterte blindlings dahin, lange, lange. Bis seine Kräfte nachließen. Da duckte es sich schnaufend unter ein Gebüsch – und blickte in ein funkelndes Augenpaar. »Hilfe!«, schrie es entsetzt.

»Ach, du! Du hast mich ja gantsch schön erschreckt! Wie kommst du denn hierher?«, fragte Wawa.

»Hilfe!«, quiekte das Urmel. »Der König ... päng! ... Urmel futsch!«

»Wie bitte?«

»Piff – paff! Bum – bum – bum! Auwauwauwau . . .«

»Sonderbar . . .«, grübelte Wawa.

»Danz, danz slecklich!«, piepste das Urmel. »Ich bin durch und durch ersossen, mausetot, urmeltot, bloß weil ich auch eine Pinzessin oda . . . oda . . . so was Ähnliches werden wollte!«

Wawa verstand noch immer nicht. Er hatte ja seine Muschel verlassen, lange bevor König Pumponell auf die Insel kam. Und als er dem geheimnisvollen Klang folgte, der aus der Höhle kam, sah und hörte er nichts mehr von all dem, was am Tageslicht geschah.

So dauerte es lange, bis er wenigstens das Allernötigste begriffen hatte. Endlich rief er: »Ich weiß ein sicheres Versteck für dich! Ich bringe dich in eine wundervolle Höhle!«

»Ich will aba nich in die Hölle!«, schluchzte das Urmel.

»Rasch! Rasch!«, drängte Wawa, denn die Äste wurden soeben im Wirbelwind der Hubschrauberflügel flach gebürstet. Er zog das ängstliche Geschöpf zum Höhleneingang. Und kaum umfing sie das Dämmerlicht, hörten sie aus dem Berg Homi die leisen, seltsamen Klänge.

Verzaubert stellte das Urmel die Fledermausohren.

»Hier bist du sicher«, raunte ihm Wawa zu. »Bleib aber an dieser Stelle! Rühr dich nicht, geh weder hinein noch hinaus! Ich lasse dich jetscht allein um dem Professor tschu sagen, dass ich dich gerettet habe!«

Stolz schlüpfte er hinaus.

Erst überkam das Urmel ein Gefühl schrecklicher Verlassenheit. Nach und nach aber überwog seine Neugier. Zunächst schnupperte es nur in die Richtung, aus der die Töne und ein süßlicher Duft kamen. Schließlich aber setzte es zögernd einen Fuß vor den anderen. Den Schwanz hinter sich herschleifend drang es immer tiefer ins Unbekannte vor.

Verschiedene Pläne werden verworfen

Die Fenster und Türen des Arbeitszimmers standen weit offen. Im Durchzug flatterten die Papiere vom Schreibtisch und trudelten über den Boden.

Niemand hob sie auf. Dem Professor waren jetzt alle Studien und Bücher der Welt gleichgültig. Und Wutz hätten selbst Staubwolken nicht aus ihren trüben Gedanken aufschrecken können.

Wo war das Urmel?

Immer wieder erschütterte das Donnern des Hubschraubers das Haus. Die Wände zitterten. Im Schrank klirrte das Geschirr.

Sie waren alle hierher zurückgekehrt in der Hoffnung von den anderen gute Nachrichten zu hören. Vergebens!

Es gab nur einen Trost: Wenn sie das Urmel nicht gefunden hatten, würde es der König vielleicht auch nicht entdecken. Und solange er über der Insel kreiste, bewies das seinen vorläufigen Misserfolg.

Wo Wutz den Boden anstarrte, bildeten sich kleine Pfützen, in die es unablässig aus ihren Augen hineintropfte: silberne Tränenperlen. Sie schnaubte: »Gib mir mal dein Taschentuch, Tim!« Dann rief sie: »Heute Nacht falle ich über den schlafenden König her! Öfföff! Oh, ich kann fürchterlich sein! Wie ein Tiger ... nein, wie ein Drache ...«

Habakuk Tibatong murmelte: »Ich sehe dich schon Feuer spucken! – Nein, Wutz, du würdest ihn verwunden ...«

»Nur verwunden, Professor? Zerfleischen!« Aber der Professor schüttelte den Kopf.

»Äch hab's!«, krächzte Schusch. »Wär sägen seinem Flägedängsda ...«

»Hubschrauber –«

»Mär ganz egal, jedenfalls sägen wär ähm däse vär langen Dänger ab, dä über ähm herumwärbeln. Dann kann er nächt mehr flägen! – Los, Täm Täntenklecks – wo äst dä Säge?«

Aber auch hier war der Professor dagegen. »Selbst wenn uns das gelänge, würde der König die Jagd zu Fuß fortsetzen und könnte die Insel nie mehr verlassen«, meinte er bekümmert. Ein schrecklicher Gedanke! Deshalb konnte ihm auch Tim Tintenklecks kein Wasser ins Benzin schütten. Denn sie wünschten sich ja dringend, dass der König lieber heute als morgen wegflog.

Endlich beschloss Habakuk Tibatong es noch einmal mit Güte zu versuchen. Als der Hubschrauber am Strand niederging und sein Dröhnen verstummte, verfasste der Professor einen langen, höflichen Brief, in dem er dem König all das mitteilte, was er ihm nicht hatte sagen können, und ihn bat der Insel den Frieden wiederzugeben.

Schusch wollte den Brief hinabfliegen, aber Ping Pinguin krähte: »Ich bin der königliche Postbote! Du bist nur sein Kammerdiener und sein Pfuhlöffel! Pah! Der König wäre gleich beleidigt, wenn ihm sein Pfuhlöffel den Brief brächte!«

»Äch bän kein Schuhlöffel!« Schusch war tief gekränkt.

Ping Pinguin nahm den Brief in den Schnabel und watschelte hinaus.

Ein Briefbote nimmt Reißaus und der König macht einen Plan

König Futsch der Erste lag in des Urmels Hängematte und kaute wütend an einem Halm.

Er war bitterböse! Das watschelnde Urmel war ihm entkommen! Zwanzig, ja dreißig Mal war er über der Insel gekreist und hatte doch nichts gefunden. War ihm dieser Tibatong mit seinen schwatzenden Tieren etwa überlegen? Donnerwetter! Er, der König, ließ sich von einem Professor, der allgemein für verrückt gehalten wurde, an der Nase herumführen? Ein rothaariger Junge, ein rosarotes Schwein, ein Pinguin und ein Schuhschnabel waren klüger als er? Bei der langen Reihe seiner erlauchten Ahnen von Abenteurern, Raubrittern, Eroberern und mörderischen Kriegshelden – die ganze Welt würde über ihn lachen!

Versöhnlich war er also nicht gestimmt, als der königliche Postbote Ping Pinguin im schwarzen Frack um die Bambushecke watschelte. Sami füllte gerade aus einem Reservekanister neues Benzin in den Flugzeugtank. König Pumponell, jetzt eher Futsch der Erste, spuckte den Halm aus und rief dem Ankömmling entgegen: »Was willst du?«

Ping Pinguin reckte seinen Schnabel mit dem Brief so hoch wie möglich.

Der König nahm den Umschlag. »Eine Unterwerfung oder eine Kriegserklärung?«, fragte er.

Nachlässig überflog er die Zeilen. Dann zerriss er das Papier und warf die Fetzen in den Wind. »Papperlapapp! Gefühlsduselei!«, rief er ungehalten. »Jetzt erst recht! – Husch – husch! Ksch-ksch! Fort mit dir! Oder du lernst Fliegen! ...« Er griff nach seinem Gewehr.

Oh, da hüpfte aber Ping Pinguin und sprang und wuselte, so rasch ihn seine Watschelfüße trugen! Er schnatterte und gackerte. Und König Futsch lachte, bis ihm die Tränen kamen. Es sah aber auch zu komisch aus! Die königliche Laune wurde gleich um einige Grade besser.

Er steckte zwei Finger in den Mund und pfiff: »Sami, ich habe eine Idee! Wir bauen aus Stämmen und Bambus einen Käfig, eine Falle! Einen hübschen, großen und festen Käfig, dem man nicht ansieht, dass es ein Käfig ist. Wir konstruieren eine Tür, die nie wieder aufgeht, wenn ein gewisses Tier hineingekrochen ist!«

»Und wenn es das Schwein wäre?«, entgegnete Sami.

»Nun, dieses Urmel scheint recht neugierig zu sein. Und außerdem will es wie alle Kinder alles haben, was es sieht. Wenn wir unsere Käfig-Falle hier aufstellen und auf eine Tafel *Urmel-Haus* schreiben? Meinst du, es würde jemand anderen zuerst hineinlassen? – Wir fliegen scheinbar weg! Kaum sind wir verschwunden, werden alle an den Strand laufen, das Haus entdecken, und das Urmel wird hineinstolzieren! – Bums! Schnapp! Die Tür fällt zu und es sitzt in der Patsche. Dann kommen wir zurück, lassen ein Tau aus dem Flugzeug herab, haken den Käfig an und fliegen mit ihm nach Pumpolon! – An die Arbeit!«

Als die Axthiebe schallten und die Säge kreischte, sank das Bambusrohr rauschend zu Boden.

»Was bedeutet das nun wieder?«, fragte Professor Tibatong besorgt. Aber als die Tiere gerade zu grunzen und zu schnattern begannen, huschte Wawa über die Türschwelle und rief atemlos: »Hört mal alle tschu! Ich habe das Urmel gerettet!«

Das Urmel erlebt mehr, als es vertragen kann

Die Höhle! In welch wunderbare Welt drang das Urmel da ein! Von draußen kam kein Laut. Wären nicht die leisen Töne zu hören gewesen, die manchmal anschwollen und dann wieder verstummten, hätte hier Grabesstille geherrscht. Schritt für Schritt tappte das Urmel voran. Sein schwerer Schwanz schleifte über kollerndes Geröll. Unheimlich hallte es von den Wänden wider.

Alles war in mattes Dämmerlicht getaucht, gespenstische Köpfe und Fratzen grinsten aus dem Gestein und waren doch nur Spiele von Schatten und Formen.

Des Urmels Herz bummerte. Wawa hatte ihm verboten weiterzugehen! Das Urmel fürchtete sich.

Dennoch – etwas Unerklärbares trieb es voran. Vielleicht ein Erbteil seiner Urmel-Urururureltern, die in grauer Vorzeit in Grotten und Höhlen gehaust hatten?

Obwohl es immer dunkler wurde und der Tag in des Urmels Rücken ganz verblasste, hellte es sich vor ihm auf – und nun, als der Gang um eine Biegung führte, schimmerten die Wände weißlich.

Einen Augenblick verharrte das Urmel mit angelegten Ohren und vorgestrecktem Hals, ehe es weitertappte. Von der Decke hingen zackige Gebilde herab, wie Eiszapfen – und die sonderbare Höhlenorgel brauste. Noch einige Schritte: Nun mündete der Gang in einen unermesslich großen Kuppelraum. Es war wie in einem Dom!

Stumm vor Staunen stand das Urmel da. Vor ihm lag ein kristallklarer Unterwelt-See, umgeben von bizarren Säulen, seltsamen Mineralgewächsen und Vorhängen aus weißrötlich schimmernden Tropfsteinen. War dies das Schloss einer Märchenfee?

Das Wasser füllte ein weites Becken. Es schimmerte von innen grün herauf und überglänzte alles, so dass es ringsum blitzte und funkelte. In der Mitte aber erhob sich ein klobiger Felsbrocken. Eine braunrote Riesenkrabbe umkrallte ihn mit grässlichen Spinnenbeinen und stierte das Urmel lauernd an.

Das Urmel stieß eine Folge entsetzter Laute aus: »Ah – ah – ah – ah!«

Die Riesenkrabbe rührte sich nicht. Sie wendete aber auch keins der wie aufgespießte Glaskugeln wirkenden Augen von dem Urmel.

Und zu allem Grausigen und Wunderbaren kam noch dieses Tönen wie aus Hunderten von Orgelpfeifen. Selbst Professor Tibatong brauchte später seinen ganzen Scharfsinn um die natürliche Erklärung für diese sonderbare Erscheinung zu finden.

Wäre nur die Krabbe nicht gewesen! Noch nie hatte das Urmel ein solch grässliches Geschöpf erblickt.

»Du-du-du-du-duten Ta-tag! . . .«, stotterte es.

Keine Bewegung.

»I-i-ich tu dir da-danz be-be-bestimmt ni-ninichts!«, stammelte das Urmel. »I-i-ich freue mimich, di-dich ke-ke-kennen zu le-lernen!«

Keine Antwort, nichts.

Das Urmel fühlte ein trockenes Kratzen im Hals. Wäre es doch nur nicht so schrecklich allein! Wäre nur Wawa hier! Ach, und vor allem: Warum nur war es das einzige Urmel der Welt? Daher kam schließlich all sein Unglück! Niemand würde es jagen, wenn es ein ganz gewöhnliches Tier wäre! Hätte es nur wenigstens einen Bruder oder eine Schwester! Sollte es hier je wieder lebendig herauskommen, wollte es Professor Tibatong bitten ihm ein Urmel-Geschwisterchen zu schenken. Es fasste Mut und schob sich vorsichtig – mit vielen Pausen – zum See hinunter, ermutigt durch die Bewegungslosigkeit der Krabbe.

Aber was war nun das? War dies eine Zauberhöhle, in der ihm jeder Wunsch erfüllt wurde? Das Urmel schaute ins Wasser, es blinzelte, es klapperte mit den Augenlidern, sein Hals wurde lang, ganz lang, seine Schnauze schob sich dicht am Boden voran – und aus dem See hob sich ihm die lustige dicke Nilpferdnase eines zweiten Urmels entgegen: Das Zauberwesen blinzelte, verzog sein Maul zu einem breiten Grinsen, kam näher, wurde größer und gewaltiger, sah ihm ungläubig in die ungläubigen Augen ...

Vergessen war alles Unheimliche: Das Urmel setzte sich ans Ufer, schlang den Schwanz um seine Beine – und das andere Urmel machte es ebenso. Sie schauten sich glücklich an, jedes in den Anblick seines Gegenübers versunken. Langsam neigte das Urmel den Kopf, das andere kam ihm entgegen – und das Urmel schloss die Augen, um seinem Geschwisterchen einen Kuss zu geben.

Aber puh! Nass war diese Schnauze! Das Urmel schnaubte, nieste und riss die Augen auf. Sein

Ebenbild war verschwunden, es hatte sich in zahllose Wasserkringel aufgelöst.

»Ach!« Ein Schluchzen kam aus des Urmels Brust.

»Knarrr, knärrr ...«, machte die Riesenkrabbe.

Das Urmel sprang auf und sauste davon, als sei der Teufel hinter ihm her. Nur fort, an den äußersten Rand der Höhle, und hinter sichere Tropfsteinsäulen! Sie umstanden es wie die Zinnen einer Festung.

Im Boden klafften Spalten. Und der betäubende Geruch, der schon aus dem Eingang hervorgeweht hatte, verstärkte sich. Das Urmel schnüffelte. Es kroch an eine kraterartige Öffnung heran. Dieser entquoll unsichtbar ein Erdgas.

Schnuppernd stand nun seine Nase darüber. Es atmete kräftig ein ...

Zuerst stieg nur ein gluckerndes Kichern aus des Urmels Bauch: »Hihihi! Hahahaha! ...« Es wurde ein Gelächter, das seinen ganzen Körper erschütterte. Das Urmel lachte, bis ihm die Tränen kamen; sein Leib wogte und bebte. »Hahahaha! Hohohoho! ...« Es fiel nieder, wieherte, röchelte, japste ... Der riesige Kuppelraum wurde erfüllt von diesem tosenden Gelächter: Es schallte aus allen Winkeln, das Echo verfing sich, wurde zurückgeworfen, hallte hin und her – die Wölbung erzitterte. Die hängenden Tropfsteine gerieten in Schwingung, kleine Stücke lösten sich, prasselten herab ... Und da geschah etwas Schreckliches. Eine kaum daumengroße Zacke traf das Urmel mitten auf die Stirn.

Augenblicklich wurde es totenstill ringsum.

Das Urmel sank schlaff zusammen. Sein Kopf schlug aufs Geröll, kleine Blutstropfen perlten zwischen den Augen.

Starr schaute die Riesenkrabbe. Oder bewegten sich ihre Spinnenbeine?

Wutz packt einen Fresskorb für das Urmel

Oben im Blockhaus herrschte die fröhlichste Stimmung. Zwar dröhnten die Hiebe der Axt, kreischten die Sägezähne seit Stunden am Strand, nur manchmal von kurzen Pausen unterbrochen – aber wen kümmerte das noch, nachdem das Urmel in Sicherheit war!

Nur Ping Pinguin, voll Zorn auf den König, kletterte auf den einzigen Stuhl um über die Fensterbrüstung zu gucken. Aber er sah nur Baumwipfel – und weit unten das Meer.

»Hoffentlich baut er nicht pfon sein Pfloss!«, meinte er besorgt.

Die Nachmittagssonne überzog alles mit einem goldenen Schimmer. Und wie vergoldet fühlten sich auch die Inselbewohner.

Wutz trabte freudig hin und her. Ihre Klauen klopften wie Trommelschlägel den Holzfußboden. Sie war emsig dabei, ein Fresskörbchen zu packen, mit Bananen – nein, doch lieber mit Ananas – oder vielleicht mit Orangen? Oder am besten von allem etwas ... Ach, der Korb war viel zu klein, sie packte ihn ein und wieder aus, tat die Bananen zuunterst und die Feigen obenauf; dann wieder, weil die Feigen herabkollerten, die Feigen zuunterst und die Ananas nach oben, aber nun wurden die Feigen zusammengequetscht und ihr süßer Saft rann durchs Geflecht ...

Professor Habakuk Tibatong war auf andere Art erregt. Er zeichnete einen Querschnitt des Berges Homi auf ein Papier, mit der Höhle und dem Kristallsee im Innern – so, wie er ihn sich nach Wawas Bericht vorstellte. Wochen geologischer Forschungsarbeit lagen vor ihm! Er freute sich darauf.

Doppelt unerträglich war ihm nun der König mit seiner Jagdleidenschaft.

Er wollte die Höhle sehen! »Tim Tintenklecks!«, rief er und seine Augen strahlten wie das unterirdische Wasser. »Tim Tintenklecks – ich würde mich nicht wundern, wenn wir die Heimat des sagenhaften stummen und unsichtbaren Fisches gefunden hätten!«

»Wä wällst du das denn wässen?«, schaltete sich Schusch dazwischen. »Wenn du ähn nächt hören und sehen kannst?« Ungläubig rieb er seine Schnabelkanten aneinander.

»Auf jeden Fall sitscht ein tschu scheußliches Ungeheuer drin!«, meldete sich Wawa. Besorgt fügte er hinzu: »Hoffentlich ist das Urmel nicht weiter hineingegangen! Es ist immer so ungetschogen!«

»Das Urmel ist nie ungezogen – öff!«, grunzte Wutz empört. Jedoch – der Gedanke an das Ungeheuer ließ auch ihr keine Ruhe. Sie nahm den Henkel des Fresskörbchens in die Schnauze und trabte zur Tür.

»Halt!« Wawa stellte sich ihr in den Weg. »Wir können doch nicht einfach alle tschusammen gehen, wie auf einem Spatschiergang! Wenn uns der König aus dem Flugtscheug sieht, weiß er ja gleich, wo das Urmel ist. – Wir müssen vorsichtig und eintscheln hinschleichen!«

So liefen, huschten, wackelten, trabten sie einer nach dem anderen aus dem Haus und schlichen dann, von Wawa angeführt, unter den Bäumen zur Höhle.

Eine richtige Tat hat ein falsches Ergebnis

Der Eingang lag versteckt unter Steineichen, umwuchert von Disteln, Agaven und Kakteen.

Wutz verschwendete keinen Blick an die verwunschene Umgebung. Mit dem Körbchen im Maul – das sich inzwischen beträchtlich geleert hatte, weil bei ihrem Schaukelgalopp ein Stück Obst nach dem anderen herausgekollert war – trabte sie als Erste in den Tunnel.

Ringsum Dämmerung und düstere Steine. Von dem Urmel keine Spur.

»Hier habe ich es tschurückgelassen!«, wunderte sich Wawa.

»Öfföff! Urmel, Urmel!«, grunzte Wutz durch die Zähne.

»U-hu-rmeh-l!«

Nur ein Echo kam aus dem Berg.

»Natürlich war es ungetschogen!«, zischte Wawa.

»Bist du sicher, dass dies die richtige Höhle ist?«, fragte Professor Tibatong.

Wawa war ganz sicher. Der Professor drängte weiter.

Ihn trieb nicht nur die Sorge um das Urmel, ihm ließen auch die Höhle und ihr Geheimnis keine Ruhe. Ganz leise hörte man wieder die winddurchwehten Töne.

Wawa ging nun voraus. Geschickt glitt er über das Geröll. Ping Pinguin und Schusch wackelten als Letzte hinterher. Für sie, beide schlecht zu Fuß, war der Weg am beschwerlichsten, während der Professor nur aufpassen musste, dass er nicht mit dem Kopf an einen Steinzapfen stieß.

Schließlich, nach endlosem Rutschen über Schotter, öffnete sich vor ihnen die Felsgrotte.

»O Himmel!«, rief Tibatong überwältigt. »Sieht es nicht aus, als habe der See die Sonne verschluckt!«

Auch Tim Tintenklecks staunte. Obgleich die Höhle im magischen Licht des kristallklaren Wassers erstrahlte, konnten sie doch erst allmählich Einzelheiten erkennen.

Dann allerdings stieß Wutz ein Schreckensgrunzen aus, bei dem der Korb mit allem Obst zum See hinabkollerte.

»Oh, Professor!«, rief sie entsetzt. »Was für ein schauderhaftes Ungetüm!«

»Jedenfalls äst es nächt der unsächtbare Fäsch!«, schnarrte Schusch.

»In der Tat«, murmelte Tibatong. »Es dürfte sich hier eher um ein Mitglied der Familie japanischer Riesenkrabben handeln!«

»Pfeußlich!«, wisperte Ping Pinguin. »Und außerdem kriegt man von diesem dauernden Geräusch ganz pfön Kopfweh!«

»Wo mögen die Töne nur herkommen?«, meinte Tibatong nachdenklich.

»Mir ganz egal!«, sagte Wutz. »Wo ist das Urmel? Professor! Meinst du ...? Wäre es möglich, dass dieses Ungeheuer ...?«

»Wie soll ich das wissen? Aber ich glaube eher, dass unser Urmel mit uns Verstecken spielt. Suchen wir! Übrigens – findet ihr nicht auch, dass es hier etwas sonderbar riecht?«

»O ja!«, sagte Ping Pinguin. »Aber ich dachte, es wäre Wutz!«

Wutz warf ihm nur einen verächtlichen Blick zu.

Sie begannen nach dem Urmel zu suchen. Im Halbkreis umschritten sie die Höhle ...

Bis Wawa es entdeckte!

Das Urmel lag noch immer unbeweglich an derselben Stelle. Und hinter ihm quoll das geheimnisvolle Gas aus dem Felsspalt.

»Oh – Professor!«, schrie Wutz auf. »Ist es tot?«

»Ich weiß nicht –« Tibatong wirkte geisterbleich. Er beugte sich nieder und tupfte dem Urmel die Blutstropfen von der Stirn. Die Tiere standen besorgt daneben, am weitesten oben Ping Pinguin. Er krähte: »Hier stinkt es wirklich ganz pfeußlich!«, und näherte seinen Schnabel der kraterartigen Öffnung. Kaum schnaufte er einmal tief, da schüttelte es auch ihn schon: Er kicherte, hüpfte und lachte – gerade jetzt war es grausig anzusehen.

»Du bist gemein!«, rief Wutz. »Du freust dich, weil das Urmel nicht mehr lebt! Öfföff!« Sie schluchzte.

Professor Tibatong schaute beunruhigt von dem gluckernden Pinguin zu dem stumm daliegenden Urmel. Dann sagte er: »Nein, er freut sich nicht. Mit ihm scheint dasselbe vorzugehen, was auch dem Urmel passiert ist. Das Urmel ist nicht tot! Es wurde am Kopf getroffen. Wir müssen es rasch aus der Höhle bringen. Vermutlich entsteigen der Erde hier giftige Dämpfe. Oder vielleicht ein uns unbekanntes Gas, das zum Lachen reizt. Schusch, schaff bitte Ping Pinguin dort weg! Pack ihn am Kragen! Aber pass auf, dass du nicht auch in die Gaswolke gerätst! Wir anderen tragen das Urmel aus der Höhle. Tim Tintenklecks, jetzt brauche ich vor allem deine Hilfe!«

Ganz so schnell, wie es die drängende Wutz verlangte, schafften sie es allerdings nicht. Zwar gelang es Schusch, den kichernden Ping Pinguin am Nacken vor die Höhle zu schleppen, wo sein Lachen alsbald verebbte und er sich erschöpft ins Gras fallen ließ. Aber bis der Professor und Tim Tintenklecks aus starken Ästen eine Tragbahre zusammengefügt hatten, vergingen Stunden, die Wutz Jahrhunderte zu sein schienen. Und als sie den schlaffen Körper schließlich behutsam auf die Bahre geschoben hatten, konnten der Professor und Tim Tintenklecks sie kaum anheben. Wie sollten sie den langen Weg aus der Höhle und ins Blockhaus schaffen?

Endlich, als es Nacht wurde, beschien der Vollmond einen geisterhaften Zug: Ein alter Mann und ein rothaariger Knabe schleppten eine Bahre, auf der ein ohnmächtiges Urmeltier wie ein schwappender Sack lag. Darunter stützte der kräftige Rücken eines Schweines das gewaltige Gewicht; kurz und dünn stelzten die Beine. Ein Pinguin watschelte im Frack wie ein Trauergast hinter einem Leichenzug. Ein Waran, in dessen Echsenaugen der Mond funkelte, räumte Äste und andere Hindernisse aus dem Weg. Und ein Schuhschnabel strich mit leisen Flügelschlägen über die

Insel um vor dem König zu warnen, wenn es nötig sein sollte.

Aber der König wünschte nur zu schlafen.

So gelangten sie sicher ins Blockhaus, wo sie das Urmel auf das Matratzenlager betteten. Professor Tibatong verordnete einen nassen Wickel, den Wutz dem Urmel auf die Stirn legte. Als sie sich glücklich und erschöpft ausruhen wollten, bemerkte Wawa: »Jetscht haben wir das Urmel tschwar aus der Höhle gerettet, aber jetscht ist es nicht mehr versteckt!«

»Du liebe Güte!«, seufzte Professor Habakuk Tibatong erschrocken. »Was man aber auch alles bedenken muss!«

Wir lernen einen Verräter kennen

Der Mond stand also rund am tiefschwarzen Himmel. Und die Sterne bildeten einen funkelnden Teppich.

Seele-Fant saß schlaflos auf dem Felsenriff, umgeben von einer dunklen Wasserfläche. Schwermut erfüllte sein Herz. Voll tiefer Empfindung tönte seine kehlige Stimme:

»O Mond ond Störn' ond Hömmölszölt,
öch bön alleun ön Gottös Wölt!
Öch bön alleun ön Gottös Wölt!
O Mond ond Störn' ond Hömmölszölt . . .«

König Pumponell ruhte in der Hängematte. Das Lagerfeuer, über dem Sami die Kartoffeln zum Abendbrot geröstet hatte, war halb herabgebrannt; der kleine Diener stocherte gähnend in der Glut. Dort, wo noch heute Morgen die Bambushecke geraschelt hatte, stand nun ein allseitig geschlossener Käfig, hübsch anzusehen. Über der hochgezogenen kleinen Tür prangte ein Schild:

Urmel-Haus

Das Urmel würde sich bestimmt sehr freuen!

König Futsch aber stöhnte: »Ich kann kein Auge schließen! Diese verflixte Insel mit ihren sprechenden Tieren! Ein Glück nur, dass der Professor nicht auch noch den Bäumen und Pflanzen das Reden beigebracht hat. Hör nur, wie dieser fette See-Elefant jault! Seit Stunden röhrt er ohne Pause, unerträglicher als ein Rudel Hunde, die den Mond anheulen!« Er brüllte: »Ruhe! ...«

»O Mond ond Störn' ond Hömmölszölt ...«, wehte es herüber.

König Pumponell feuerte einen Schuss übers Meer. Der scharfe Knall zerriss die Nacht. Für eine kurze Weile verstummte das schwermütige Lied. Doch bald klang es von neuem: »Öch bön alleun ön Gottös Wölt ...«

»Nein, das bist du eben nicht, rücksichtslose Bestie!«, rief der König. »Ich will endlich schlafen!«

Sami warf ein Holzstück in die Flammen, die gierig emporzüngelten. »Majestät!«, brummte er müde. »Meiner bescheidenen Meinung nach sollten wir den Professor und seine Tiere in Frieden lassen.«

»Fängst du nun auch so an!«, war die gereizte

Antwort. Im Stillen hatte König Pumponell schon lange ähnliche Gedanken. Aber er wollte nun einmal nicht nachgeben. Er hatte es sich in den Kopf gesetzt, das Urmel tot oder lebendig nach Pumpolon zu bringen. Was für ein Aufsehen würde das in der ganzen Welt geben! Reporter aus allen Ländern kämen angereist und fotografierten sie beide. Und alle Könige und Minister gratulierten ihm. Er würde für lange Zeit keine Langeweile mehr haben. Nein, nein, er blieb dabei! »Ich verbiete dir mir Moral zu predigen!«, sagte er. »Schlaf! Morgen wird wieder ein anstrengender Tag.«

Auch er schloss die Augen. Und allmählich vermengten sich Traum und Wirklichkeit. Der König lag in einem Wald fratzenhaft-gespenstischer Bäume. Wie gelähmt war er, unfähig sich zu rühren. Und ein riesiges Ungetüm, eine Missgeburt aus Schlangen, Kröten, Spinnen und Urmeln, näherte sich ihm Feuer speiend. Giftiger Speichel troff von seinen Reißzähnen. Je näher es kam, desto scheußlicher wurde es. Der König versuchte sich zur Seite zu wälzen – vergeblich! Er wollte aufspringen, fliehen. Aber er war dazu verdammt, dem schrecklichen Tier starr ins Auge zu sehen. Und nun öffnete es ein Maul, so groß und rot wie der Schlund eines Nilpferdes. Sein stinkender Atem fuhr dem König übers Gesicht, als es röchelte: »Ööööch bööööön aaaaalleeeeeun ööööön Gooooottööööös Wööööölt ...«

Mit einem Schrei fuhr der König empor. Die Sonne war längst aufgegangen. Der Tag strahlte licht und hell. Und unter der Hängematte zischte ein echsenartiges Tier: »Majestät! Ich habe Ihnen etwas Wichtiges mittschuteilen!«

»Hilfe!«, rief König Pumponell, noch halb im Traum. »Wer bist denn du?«

»Ein Feind von Professor Tibatong! Und ich weiß, wo das Urmel versteckt ist! Es ist gantsch allein! Ich bin gekommen um Sie hintschuführen, gantsch, gantsch schnell!«

Der König sprang aus der Hängematte. Er warf sein Gewehr über die Schulter. »Großartig! Ich werde dich königlich belohnen! Komm, Sami! Auf! Urmel-Safari!«

Sami reckte sich gähnend. »Bist du ein Verräter?«, raunte er Wawa zu.

Wawa blinzelte und schaute verlegen beiseite.

»Führe uns!«, befahl König Pumponell.

Sami brummte: »Jetzt haben wir die Falle wohl umsonst gebaut.«

»Hauptsache, wir kriegen das Urmel!«, meinte der König. »Egal wie!«

Die Strahlen der Morgensonne leuchteten durch die offene Tür vom Urmel-Haus. Das Flechtwerk warf Schattengitter auf den Boden.

Das Blockhaus auf dem Berge Homi lag noch in tiefer Ruhe.

Es wird ein Entschluss gefasst, mit dem Professor Tibatong nicht ganz einverstanden ist

Was mochte so plötzlich in Wawa gefahren sein? Was hatten ihm das Urmel, was Professor Tibatong getan? Oder war es etwa Wutz gewesen, die ihn so tödlich beleidigt hatte? Um es zu erfahren stellen wir den Zeiger der Uhr zurück auf die gestrige Abendstunde und hängen die Sterne noch einmal am schwarzen Nachthimmel auf.

Das Urmel lag regungslos auf der Matratze. Das bleiche Licht des Mondes ließ es noch fahler erscheinen, als es wirklich war. Schusch hielt den Ständer einer brennenden Kerze waagrecht im Schnabel. Im flackernden Schein untersuchte Professor Tibatong das Urmel und hörte sein Herz ab. Er war leidlich zufrieden. »Atmung und Puls sind schwach, aber nicht bedenklich«, murmelte er. »Es ist ohnmächtig. Wahrscheinlich hat es eine Gehirnerschütterung. Es braucht Ruhe!«

Wutz erneuerte von Zeit zu Zeit den feuchten Umschlag. Schusch hätte gerne etwas gesagt, aber er konnte es nicht, denn dann wäre die Kerze heruntergepurzelt. Er stand mit hoch gerecktem Hals; senkte er ihn auch nur ein bisschen, troff sofort das Wachs herab und Wutz grunzte empört: »Pass doch auf, Tollpatsch! Öfföff! Du bist sogar zu ungeschickt zum Kerzenhalter!«

Der arme Schusch blinkerte nur, zum Schweigen verdammt. Außerdem blendete ihn die Kerze so dicht vor den Augen. Tim Tintenklecks wackelte im Schaukelstuhl hin und her. Er bohrte in der Nase, er kratzte sich am Hinterkopf – kurz: Er dachte nach!

»Oh, sitz doch still!«, quiekte Wutz.

Wawa kauerte auf dem Boden. »Tschu schade, dass wir das Urmel nicht in der Muschel verstecken können«, meinte er.

»Ach!«, rief Ping Pinguin, noch immer nicht ganz mit ihm ausgesöhnt. »Pfön ungerecht ist das! Das Urmel darf in die Mupfel und ich werde rausgepfmissen!«

Schusch watschelte zu Tim Tintenklecks, damit dieser ihm die Kerze abnehme. Dann knarrte er: »Mär äst was eingefallen! Wär müssen den Könäg än dä Höhle locken, solange das Urmel nächt än der Höhle äst! Denn wenn der Könäg än der Höhle äst, dann kann er das Urmel nächt här fänden. Äch meine nur – välleicht ...«

»Oh, das ist gepfeit!«, rief Ping Pinguin. »Dann soll er dieses pfrecklich pfeußliche Ungeheuer im See erpfießen!«

Tibatong schüttelte den Kopf. »Nein, das soll er nicht! Denn es ist ein seltenes Tier, das bestimmt schon viel erlebt hat. Aber es wäre natürlich trotzdem gut, den König in der Höhle festzuhalten, bis das Urmel wieder wohlauf ist. Schusch, das ist eine sehr gute Idee! Erst schicken wir den König in die Höhle, aber da findet er das Urmel nicht. Dann kommt er wieder heraus und nun kann das Urmel wieder hinein – denn er wird dort nicht mehr nach ihm suchen! Fabelhaft!«

»Alles pfön und gut!«, bemerkte Ping Pinguin. »Ich gehe aber nicht noch einmal zum König und lasse auf mich pfießen!«

Tim Tintenklecks meinte: »Es müsste jemand zum König gehen, den er noch nicht mit uns zusammen gesehen hat, und der müsste ihm weismachen, dass er das Urmel verraten will, weil er mit uns böse ist oder so ... Und dann führt er ihn in die Höhle! Denn einem, den der König schon kennt, würde er vielleicht nicht glauben!«

Wawa blickte beunruhigt von einem zum anderen.

»Wawa!«, schrie Ping Pinguin. »Wawa war die ganze Zeit verpfwunden.«

Aber Wawa wollte nicht. »Ich bin doch kein Verräter!«, grollte er.

Nun, es gelang schließlich, in seinen kleinen Kopf hineinzubringen, dass er eben gerade kein Verräter wäre, wenn er so täte, als ob er ein Verräter sei. Und sogar der Professor ließ sich davon überzeugen, dass es ohne eine Lüge nicht ging. Ja, Habakuk Tibatong hatte schwere Bedenken! Wutz war so böse auf ihn, dass sie ihn angrollte: »Aus lauter Anstand verrätst du ihm noch, dass das Urmel hier ist – öff! Wirklich, Professor, manchmal zweifle ich an deinem Verstand!«

Das also war in der vergangenen Nacht geschehen. Und mit dem ersten Sonnenstrahl schlüpfte der »Verräter« Wawa aus dem Blockhaus.

Ein Schuss hat eine unerwartete Wirkung

Wie wir wissen, lag der Eingang zur Höhle auf der anderen Seite der Insel. Der Weg dorthin war weit und die Sonne brannte. Sami war am ganzen Körper feucht. Der dicke König nahm von Zeit zu Zeit den Tropenhelm ab um sich die Stirn zu trocknen.

Aber das Jagdfieber hatte ihn gepackt! Endlich war er dem Ziel nahe: Er würde ein Tier vor die Flinte bekommen, das seit Jahrmillionen als ausgestorben galt, das noch kein anderer Mensch gesehen hatte! – Welches Jägers Herz würde da nicht schlagen vor Erregung!

Wawa glitt schlangenbehände über Moos und Steine.

Nach Stunden gelangten sie endlich an den Höhlenschlund. Sami zögerte: »Majestät, sollten wir nicht ... Ich meine ... ob wir wohl auch wieder herausfinden? Wie wäre es, wenn ich hier wartete? Dann könnte ich Hilfe holen ...«

Doch der König winkte ab und wies befehlend auf den Eingang.

Je tiefer sie in den Berg eindrangen, desto unheimlicher wurde es dem König und Sami zu Mute. Von Meter zu Meter wurde es dunkler. Hatte Wawa es zuvor eilig gehabt, verharrte er nun an jedem Winkel. Er wollte Zeit gewinnen, tat aber so, als ob er sich nur sehr behutsam voranschleiche. Kollerte einmal ein Stein, wartete er, bis es wieder vollkommen still war. Der König verging fast vor gespannter Erwartung, seine Nerven drohten zu zerreißen – bis sie endlich vor dem großen Kuppelraum standen. Hier aber überwältigte auch sie der feenhafte Anblick. König Futsch stützte sich auf sein Gewehr und stieß einen bewundernden Laut aus, der von den Wänden und den farbigen Tropfsteinsäulen widerhallte. Auch die Höhlenorgel tönte auf ihre unerklärliche Weise, manchmal war es nur ein leises Rauschen, manchmal klang es wie vielstimmiges Flötenspiel.

Sami fasste unwillkürlich den Arm des Königs und dieser nahm wie in einer Kirche den Tropenhelm ab.

Der Kristallsee warf einen opalgrünen Schein ins zackige Zierwerk der Kuppel.

Die Riesenkrabbe auf dem Stein lag gerade so im Schatten, dass sie der König zunächst nicht wahrnahm.

Nach einer Weile des Staunens fragte er flüsternd: »Aber wo ist nun das Urmel?«

Ebenso leise antwortete Wawa: »Es hält sich irgendwo versteckt. Als ich es zum letzten Mal sah, stand es am See. Es geht regelmäßig zur Tränke. Entweder finden wir es, wenn wir die Höhle durchsuchen, oder wir müssen uns selbst verbergen und warten, bis es Durst bekommt . . .«

Sami war dafür, hinter einem Felsbrocken zu warten. Er hatte etwas Proviant und Getränke mitgebracht und meinte, es sei Zeit für einen Imbiss.

Der König wollte davon nichts wissen.

Deshalb schlichen sie geduckt am äußersten Rand entlang, schauten hinter die Säulen und in die Spalten und zuckten zusammen, wenn sich ein Steinchen löste und zum See hinabkollerte.

Ein süßlicher Duft durchzog die feuchte Luft, der den König irgendwie erheiterte. Unversehens stand er vor jenem Steintopf, dem das sonderbare Gas entstieg. »Sami!«, rief er, aber schon musste er unwiderstehlich lachen und Sami, der seine Nase auch über den rätselhaften Krater hielt, begann gleichfalls zu kichern.

Sie konnten sich bald nicht mehr fassen vor Heiterkeit, sie hüpften, krümmten sich im Lachkrampf, die Tränen rannen über ihre Backen und mit »Hihi!« und »Haha!« fielen sie sich in die Arme; ihre Bäuche hüpften, sie rangen nach Luft ...

Besorgt blickte Wawa in die Wölbung. Das Gelächter und das Brausen der Höhlenorgel erzeugten ein wirres Konzert. Aber glücklicherweise entfernten sich die beiden von der Quelle ihres Vergnügens. Die Wirkung des Gases ließ nach. Langsam kamen sie wieder zu sich.

Erschöpft ließen sie sich auf den Schotter fallen und atmeten tief durch.

Aber was war das? Ein Lichtstrahl blitzte durch den See, als sei ein Scheinwerfer angedreht worden, der rote Panzer der Krabbe leuchtete auf, die Kugelaugen funkelten ...

»Das Urmel!«, schrie König Futsch. Er riss das Gewehr an die Wange, ein Schuss durchpeitschte die Höhle, doch die Kugel prallte am Panzer der Krabbe ab ...

... und schlug weit hinten ins Wasser. Aus dem Knall wurde ein Grollen, das hin und her rollte, gewitterte, rumpelte und böllerte und schließlich in ein ohrenbetäubendes Prasseln überging, als ob die Felswände zusammenstürzen wollten.

Aus dem Eingangstunnel quoll eine mächtige

Staubwolke, die dunkel durchs Gewölbe zog und zum Husten reizte.

Als sich Dunst und Qualm gelegt hatten, sahen sie, was geschehen war: Der Höhleneingang war verschüttet, der Gang war zusammengestürzt.

Sie hasteten hin, kletterten auf die Geröllhalden und rutschten herunter. Sami und der König versuchten die Steine mit den Händen wegzuräumen – umsonst! Auch Wawa fand nirgends den winzigsten Spalt um hindurchzuschlüpfen.

Sie waren gefangen, abgeschnitten von der Welt, im Berg begraben, ohne Aussicht auf Rettung!

Furcht überfiel sie. Wawa zischelte tonlos: »Jetscht ist alles tschu Ende!«

Professor Tibatong muss scharf nachdenken

Spät schlug das Urmel die Augen auf. Es wackelte mit den Fledermausohren, öffnete die Nilpferdschnauze und gähnte herzhaft. Dann wieherte es leise: »Hihihihi!«

Wutz hatte die Nacht im Zimmer verbracht und auf jeden Atemzug des Patienten gelauscht. Erst als es zu dämmern begann, war sie eingeschlafen. Jetzt schreckte sie auf. Sie hatte tiefe Ringe unter den Augen.

Das Urmel hob den Kopf ein wenig von der Matratze, musste ihn aber gleich wieder niederlegen. Es jammerte: »Wieso bin ich zu Hause? Und warum triege ich tein Frühstück?«

Wutz erhob sich: »Bleib liegen! Du bist krank!«

Sie trabte zum Professor, der im Bett schnarchte. Sie schnappte den Zipfel seiner Decke, riss sie weg, so dass der Arme plötzlich im Kühlen lag und erschrocken rief: »Du liebe Güte! Ist der König hier?«

»Das Urmel will frühstücken. Was darf es kriegen – öff?«

Der Professor ließ sich aufs Kissen zurückfallen. »Immer das Urmel! Und weshalb weckst du mich so roh?«

»Ich habe die ganze Nacht kein Auge zugetan und du schläfst wie ein Murmeltier«, grunzte sie vorwurfsvoll.

Er sah ein, dass er doch keine Ruhe mehr finden würde. Mit den Zehenspitzen angelte er nach den Pantoffeln und begab sich im wallenden Nachthemd ins Urmel-Zimmer.

»Ach, Professor!«, piepste dieses matt. »Ich bin in einem Berg drin dewesen, uiii, und da war ein ekelhaft großes Ding und dann . . . dann hab ich so lachen müssen und dann . . . und dann . . . dann weiß ich nichts mehr!«

»Gib ihm leichte Kost, Kokosmilch und Bananenbrei!«, sagte der Professor und gähnte. »Und es soll heute den ganzen Tag liegen bleiben!«

Das Urmel fragte verwundert: »Wieso, bin ich trank? Is es sehr slimm? Is es eine besondere Trankheit? Eine, die niemand anderes hat?«

»Du wirst bald wieder gesund sein, wenn du brav bist!«, versprach ihm der Professor.

Wutz zerquetschte fünf Bananen und ließ sich von Tim Tintenklecks eine Kokosnuss aufschlagen.

Während sich Professor Tibatong anzog und rasierte, gingen ihm allerlei Gedanken durch den Kopf: wo der König sei, was es mit dem unterirdischen See für eine Bewandtnis habe, ob vielleicht wirklich der sagenhafte unsichtbare Fisch darin lebte, wie die Höhle überhaupt entstanden war und woher die orgelähnlichen Töne kamen. Fragen über Fragen. Und für ihn alle gleich wichtig und interessant!

Ping Pinguin und Schusch räusperten sich auf der Türschwelle. Schusch klapperte mit seinem Schnabel und bemerkte: »Sä sänd weg! Äch bän vorhän über den könäglächen Lagerplatz geflogen und nämand war mehr drän!«

»Und ich habe in der Mupfel nachgesehen. Wawa ist auch weg!«, bestätigte Ping Pinguin.

»Vielleicht sind sie schon in der Höhle«, meinte der Professor. Tim Tintenklecks fragte: »Aber wie lange kann Wawa den König dort festhalten? Wann sollen wir das Urmel zurückbringen?«

»Nie mehr!«, grunzte Wutz.

»Nein, nie, nie mehr!«, sprudelte das Urmel heraus.

In diesem Augenblick wurde der Berg von einem unterirdischen Donner erschüttert. Der Boden bebte, das Blockhaus wankte. Wutz verschüttete die Kokosmilch. Der Professor taumelte an die Tür.

Es quiekte, grunzte und kreischte durcheinander. »Ein Erdbeben! Eine Explosion! Ein Vulkanausbruch! Hilfe!«

»Ach ...«, seufzte das Urmel und schloss vor Angst die Augen.

Professor Habakuk Tibatong war so weiß geworden wie der Rasierschaum unter seinem Kinn. »Die Höhle! ...«, rief er. »Sie ist zusammengestürzt! Der König – und Sami – und Wawa – Gott sei ihnen gnädig ... Und ich bin schuld! ...« Noch einmal grollte es leise. Die Stille darauf war unerträglich.

»Äch sehe mal nach, was passärt äst!«, krächzte Schusch, nahm einen Anlauf, rannte über den Hof, startete und flog zum Höhleneingang. Bange Minuten mussten sie warten.

Als er zurückkehrte, rief er: »Dä Höhle äst wärkläch zusammengestürzt! Man kann zwar noch ein Stück än den Gang hänein, aber dann äst er voller Steine und Dreck, unmögläch, dass auch nur ein Käfer durchkommt, geschweige denn der däcke Könäg!«

»Armer Wawa ...«, seufzte Ping Pinguin. »Jetzt will ich seine Mupfel auch nicht mehr haben.« Er senkte bedrückt den Kopf.

»Ja, es ist einerseits traurig!«, murmelte Wutz. »Aber anderseits kann der König dem Urmel nun nichts mehr tun – öff! Das ist die Strafe für seine Schlechtigkeit!«

Habakuk Tibatong spülte den Seifenschaum ab und sagte, dass alles zur Rettung unternommen werden müsse, was möglich sei. Vielleicht lebten sie noch?

Er begab sich mit Tim Tintenklecks, Ping Pinguin und Schusch zur Höhle, musste aber alsbald feststellen, dass es aussichtslos war, den Eingang freizuschaufeln.

Durch den Geröllhaufen drang nicht das leiseste Geräusch. »Und doch!«, grübelte der Professor. »Es muss eine Lösung geben!« Ein Gefühl sagte es ihm, eine Ahnung, die er noch nicht in Worte zu fassen vermochte.

Plötzlich ließ er den Stein fallen, den er in der Hand hielt, und rannte ins Blockhaus zurück. Er beugte sich über die Zeichnung des Berges Homi, die er gestern angefertigt hatte und die dessen Umrisse, die Grotte und den See im Schnitt zeigte, und rief: »Wie kommt der See in den Berg? Hat er eine Verbindung zum Meer?«

»Er könnte auch durch eine Quelle gebildet worden sein, oder vom Grundwasser«, meinte Tim Tintenklecks.

»Nein!«, rief Professor Tibatong. »Du vergisst die Riesenkrabbe! Sie ist der Beweis! Irgendwann einmal muss sie aus dem Meer gekommen sein. Und dann das Licht! Der See leuchtet aus der Tiefe. Wenn es nun Tageslicht wäre? Sonnenlicht, das durch einen unterirdischen Zufluss in den See gelangt ...«

Habakuk Tibatong legte den Bleistift beiseite. Er war seiner Sache sicher. »Wir müssen den Zufluss finden, den Zustrom vom Meer. Vielleicht kennt ihn Seele-Fant? Schusch, würdest du wohl ...«

Schusch war bereits ein kleiner Punkt am blauen Himmel. Böse betrachtete Ping Pinguin seine Stummelflügel. Er fand es immer wieder traurig, ein Vogel zu sein, der nicht fliegen konnte. Was war er nun eigentlich? Fisch oder Vogel? ... Armer Ping Pinguin!

Wo aber war Seele-Fant? Schusch sah ihn nicht. Nur ein nasser Fleck auf dem Felsen bewies, dass er eben noch da gewesen sein musste.

So war es auch. Seele-Fant nahm ein Bad; auf dem Rücken liegend schoss er, Schnauze voran, durch die erfrischenden Fluten. Schusch strich über ihn hinweg.

»Was soll das?«, grollte Seele-Fant. »Do kötzölst möch möt deunön Latschfüßön! – Überhaupt eunö komöschö Angöwohnheut schon am Morgön zu kommön, wönn öch görадö eun Bad nöhmö!«

Als Schusch ihm erklärte, dass seine Hilfe gebraucht werde, hüpfte Seele-Fant in kleinen Sprüngen auf den Felsen um nachzudenken. »Soso –«, brummte er, »dör Könög möt döm stönkögön Käsö öst ön dör Höhlö vörschüttöt . . . Söhr, söhr traurög. Dös öst eun wondörvollös Thöma für eunö Balladö:

O Könög ön dör Höhlö do,
dör do dort lögst ön öw'ger Roh . . .«

Schusch flatterte mit den Flügeln: »Bätte, Seele-Fant, sänge doch später! Äch meine, wenn wär wässen, wo der Zufluss äst . . .«

Seele-Fant schloss gekränkt die Schnauze. Nach einer Pause sagte er: »Öch glaubö, eun paar Föschö wössön ös. Meunö Mottör hat eun altös Löd gösongön, könnst do ös?«

Schusch kannte es nicht. Und obwohl Seele-Fant dies betrüblich fand, sprang er doch mit unnachahmlicher Leichtigkeit ins Meer um die Fische zu befragen.

Schusch wartete. Er hatte Zeit die kleinen Steinzacken auf den Felsen einzeln zu zählen. »Hoffentläch«, dachte er, »hat Seele-Fant keinen Fäsch gefunden, der seine Läder hören wäll . . . Aber kann er unter Wasser überhaupt sängen?«

Dies war eine so interessante Frage, dass Schusch beschloss den Professor gelegentlich um Auskunft zu bitten.

Es wird Nacht und die Riesenkrabbe beginnt zu wandern

Warten ... warten ... warten ... Das mussten auch die drei Verschütteten. Lange hatten sie nach einem Ausweg gesucht. Wawa war an Felswänden und Tropfsteinsäulen emporgeklettert in der Hoffnung irgendwo einen schmalen Spalt zu finden, durch den wenigstens er sich hindurchzwängen konnte. Vergeblich!

Entmutigt ließen sie sich am Ufer nieder. Der Proviant war aufgezehrt, die Flasche bis auf den letzten Tropfen ausgetrunken. Wawa kostete das Wasser des Sees, aber es war salzig wie das Meer und für Mensch und Tier ungenießbar.

Die Riesenkrabbe, durch den Streifschuss aus ihrer Erstarrung geschreckt, durchbohrte sie mit den Kugelaugen. Sie bewegte die Spinnenbeine und Zangen langsam – wie wenn sie übte, als ob sie erst wieder lernte sie zu bewegen, vielleicht nach jahrhundertelanger Versteinerung ...

Und ständig heulte der Wind wie durch Orgelpfeifen, mal lauter, mal leiser. Es war ein Geräusch, das den dreien grauenhaft in den Ohren klang, eine Höllenmusik, angestimmt um sie gänzlich zu zermürben.

Längst hatte der König, der sich nun gänzlich »futsch« fühlte, das Urmel vergessen. Sein einziger Gedanke war lebend hier wieder herauszukommen. Aber wie konnte das geschehen?

Auch Wawa fürchtete sich. Und Sami verbiss sich mühsam die Tränen: Er sehnte sich nach dem freien Himmel.

Zu jeder anderen Zeit hätten sie das Schauspiel des wechselnden Lichtes im unterirdischen See bewundert. Seine Farben wandelten sich mit der Tageszeit. Am hellsten strahlte er um die Mittagsstunde, da färbte er das Gewölbe mit grünem Schimmer. Gegen Nachmittag und Abend aber wurde er gelblich, dann orange und glühte schließlich in dunklem Rot, bis alles in Schwärze überging.

Dann kam die Finsternis.

Zwar hatte Sami eine Taschenlampe mitgebracht, aber ihre Batterie war nahezu verbraucht. Ihr matter Strahl scheuchte Tausende von Fledermäusen auf, die schwirrend durch das Gewölbe kreisten, weil sie den Durchschlupf ins Freie nicht mehr fanden. Der Luftzug ihrer Flügel berührte die drei wie ein Hauch des Todes.

Die Stunden schlichen dahin, als seien sie Ewigkeiten.

Und das Schlimmste war, dass die Laterne allmählich erlosch. In ihrem letzten, fahlen Schein sahen sie, wie sich die Riesenkrabbe unendlich langsam von ihrem Felsblock löste. Sie schob eines ihrer staksigen Beine nach dem anderen hinab und tauchte es vorsichtig ins Wasser. Dann wartete sie wieder Minuten oder gar Stunden, bis sie das nächste hob und absetzte. Zuletzt schwammen nur die stierenden Augen auf der Oberfläche. Es war fast, als ob sie den Schrecken bis zum Äußersten treiben wollte. Unsere drei zogen sich an den äußersten Rand der Höhle zurück, aber der See schob kleine Wellen in ihre Richtung und schließlich tauchten Panzer, Scheren und Beißwerkzeuge aus dem Wasser.

Da ging die Lampe aus! Tiefe, undurchdringliche Finsternis umhüllte sie, die Höhlenorgel verhauchte noch einige schwache Töne. Dann verstummte sie und über das Geröll schleifte und knarrte es heran ...

Der König leistet einen Schwur

Strahlend stieg die Sonne am nächsten Morgen über den dunstigen Horizont des Ozeans. Schusch saß fröstelnd und mit müden, ständig zuklappenden Augenlidern auf dem Felsen und wartete auf Seele-Fants Rückkehr. Wer weiß, wen dieser in der Tiefe getroffen haben mochte!

Schusch hatte noch nie eine Nacht so weit draußen im Meer verbracht und dachte bei sich: »Här muss man ja trauräg werden, ämmer nur Wellengeräusche und Einsamkeit, du läbe Güte!«

Er wollte bereits seinen Posten verlassen und zur Insel zurückfliegen, als Seele-Fant endlich seinen Schnurrbart aus dem Wasser hob und durch die Nasenlöcher schniefte.

Schusch spreizte seine Flügel. »Sag mal«,

knarrte er, »bäst du einem Unterwassergesangverein beigetreten oder warst du mal eben rasch am Nordpol?«

»Öch möchtö dön Profössor spröchön!«, raunzte Seele-Fant zurück.

»Nächts läber als das – er wartet ja schon dä ganze Nacht auf däch!«

So war es auch.

Unruhig schritt Tibatong am Strand auf und ab. Und während Wutz neben dem Urmel wachte, watschelte Ping Pinguin ernsthaft hinter dem Professor drein. Da er viel langsamer ging, kam es vor, dass der Professor schon wieder auf dem Rückweg war, so dass sie einander begegneten.

Endlich kamen Schusch und Seele-Fant fast gleichzeitig an. »Also, Profössor –«, begann Seele-Fant umständlich zu berichten, »öch bön söhr, söhr töf öns Möör hönabgötaucht om möt dön Föschön zo spröchön. Dönn öch örönnörtö möch plötzlöch an meunö Köndheut. Als öch noch eun Böbö war – öch war eun söhr hübschös Böbö, Profössor – non, also damals hat mör meunö löbö Mottör eun söhr, söhr traurögös Löd vorgösongön, dössön Töxt mör leudör öntfallön öst. Ös göht ongöfähr so:

> An förnöm Ort, onnahbar eurön Flossön,
> da lögt eun Söö, ons allön onbökannt.
> Eun Krabbönfölsön stöhöt dort
> önmöttön . . .

»Ach, bitte ...«, unterbrach ihn der Professor, »bitte, lieber Seele-Fant, sing uns das Lied erst später vor. Es dauert vielleicht jetzt zu lange!«

Seele-Fant schaute mit feuchten Augen ins Wasser. »Non got, also om ös dönn korz zo machön: Nach langör, langör Sochö fand öch eunön Schwörtfösch, dör möch an eunö Moronö weutörömpfahl, ond von dösör gölangtö öch öndlöch an eunön Mondfösch, darübör wordö ös natürlöch Nacht! Jaja, so war das!« Er nickte und schwieg, erschöpft von seiner langen Rede.

»Ich habe auch pfon mal einen Mondfipf gesehen!«, bemerkte Ping Pinguin. Professor Tibatong aber drängte ungeduldig nach dem Ergebnis der vielen Fischgespräche. Seele-Fant erinnerte sich: »Wönn öhr ös so eulög habt: Öm Nordostön dör Önsöl örhöbt söch dör großö Fölsön, ond dösör Fölsön öst an eunör Stöllö ausgöhöhlt. Dort, ontör döm Wassör, flößt ös ön dön Börg höneun ond böldöt ön dör Grottö dön ontörördöschön Söö ...«

Obwohl Seele-Fant noch gerne mehr erzählt hätte, bat ihn der Professor es auf ein andermal zu verschieben. Er möge sich doch bitte mit Ping Pinguin auf die Suche nach dem Zufluss machen.

Die ungleichen Gefährten verschwanden im Meer und wurden lange nicht mehr gesehen. Endlich aber kehrten sie zurück und meldeten, sie hätten ein tunnelartiges Loch im Felsen gefunden.

Der Professor versah sie mit genauen Anweisungen und gab ihnen die besten Wünsche mit auf den Weg. Dann machten sich Seele-Fant und Ping Pinguin auf die gefahrvolle Tauchfahrt ins Innere des Berges.

Sie glitten durch einen Stollen, dessen Wände mit Algen und Unterwasserpflanzen bewachsen waren. Wie es der Professor vermutet hatte, warfen vielfarbige Steine und Glimmer das Licht einander breit gefächert zu, bis zum Höhlensee. Obwohl Ping Pinguin und Seele-Fant so schnell wie möglich schwammen, litten sie doch bald unter Luftmangel. Glücklicherweise gelang es ihnen aber, den Kanal zu durchqueren.

Als sie nun aus dem See auftauchten, glaubten König Futsch, Sami und Wawa zunächst an Geistererscheinungen. Die Riesenkrabbe, die erst ein kurzes Stück des Ufers erklommen hatte, zog sich erstaunlich rasch in die Tiefe zurück; offenbar hatte sie ihr ganzer Mut wieder verlassen.

Wawa wuselte dem watschelnden Ping Pinguin entgegen. Voll Glück stupste er ihn so heftig vor den Bauch, dass der arme Schwimmvogel, sowieso schlecht zu Fuß, heftig mit den Flügelstummeln schlagen musste um nicht hinzupurzeln.

»Die Rettung!«, rief König Futsch.

»Ich bringe eine Botpfaft!«, krähte Ping Pinguin. »Nämlich, wir wissen noch nicht, wie wir euch aus der Höhle herauspfleusen können!«

»Traurög, söhr traurög –«, nickte Seele-Fant.

»Und wir können es uns erst überlegen, wenn du uns das ganz große königliche Ehrenwort gibst, fortan darauf zu verzichten, das Urmel zu jagen. Du pfwörst, es weder tot noch lebendig mitzunehmen!«

»Hm –«, murmelte König Pumponell. »Das ist ja eine Erpressung! Aber was bleibt mir anderes übrig. Ich schwöre!«

»Liefere uns dein Gewehr aus!«, forderte Ping Pinguin.

»Dir?«

»Öch nöhme ös«, meldete sich Seele-Fant und öffnete weit seine Schnauze. Widerstrebend legte ihm der König die Flinte zwischen die Zähne.

Darauf versanken die Botschafter wieder im Wasser um zurückzuschwimmen.

»Ich wusste immer, dass ich mich auf meine Freunde verlassen konnte!«, bemerkte Wawa stolz.

»Wieso? Ich denke, es sind deine Feinde?« König Pumponell runzelte die Stirn.

»Jetscht nicht mehr!«, entschied Wawa verlegen. Er schaute beschämt in den See, der wie eine Schüssel aussah, in dem die Sonne schwamm.

Wutz bringt ein großes Opfer

Professor Tibatong und Tim Tintenklecks entsannen sich wieder ihres Bootes, mit dem sie vor langer Zeit die Insel Titiwu erreicht hatten.

Sie zogen es aus dem Schilf und steuerten es zum großen Felsen. Aufrecht stehend, ein Paddel in der Hand, die Nickelbrille auf der Nase, wartete der Professor. Er war in Sorge. In welchen Gefahren mochten sich Seele-Fant und Ping Pinguin befinden? Was erwartete sie wohl in der Höhle?

Und die Zeit verstrich!

Die anderen Tiere lauerten auf einem Vorsprung an Land.

Endlich schäumte die See, Ping Pinguin und Seele-Fant tauchten auf. Der Professor seufzte erleichtert. Quer im Maul trug Seele-Fant das Gewehr, von dem das Wasser herabtriefte.

Tim Tintenklecks nahm es ihm ab.

»Sie leben alle!«, berichtete Ping Pinguin. »Aber sie können nirgends heraus!«

»Sö müssön vörhongörn ond vördorstön ...«, murmelte Seele-Fant.

»Wir werden sie pfon retten! Besonders, weil der König nun den Pfwur geleistet hat das Urmel nicht zu pfießen oder zu pfangen!«

»Es heißt »fangen«!«, verbesserte ihn Habakuk Tibatong.

»Hab ich ja gesagt!«

»Öff!«, grunzte Wutz. »Was ist nun los?«

Der Professor paddelte dicht an den Felsen und musterte das Gestein. »Schau mal, Tim Tintenklecks«, sagte er, »was hältst du von den vielen kleinen Löchern?«

»Weiß nicht!«

»Wind, Wetter und die Stürme der See haben den Stein hier luftdurchlässig gemacht. Und durch die feinen Röhren, die so allmählich entstanden sind, pfeift der Wind in die Höhle. Du hast sicher auch schon durch ein Rohr geblasen und ihm auf diese Weise Töne entlockt. Ich glaube, das ist die Erklärung für die eigenartige Musik im Inneren der Höhle.«

»Na und? Können wir sie durch diese winzigen Röhren retten?«

»Natürlich nicht! Aber wenigstens kriegen sie frische Luft. Und das ist ihre Rettung, denn andernfalls würden sie wahrscheinlich an dem Gas ersticken, das so unwiderstehlich zum Lachen reizt.«

»Aber wie bekommen wir sie dann heraus?«

»Lass uns überlegen: Der einzige Ausweg liegt unter Wasser; schwimmend können sie ihn nicht durchqueren, kein Mensch kann so lange tauchen – und Wawa auch nicht.«

»Sie brauchten Taucherausrüstungen!«

»Richtig! Aber wir haben keine . . .«

»Könnte man nicht etwas Ähnliches bauen – eine Art Unterseeboot, einen dicht verschlossenen Behälter . . . eine Glocke . . .«

»Vielleicht Wawas Mupfel?«, fragte Ping Pinguin.

Langsam und sinnend paddelten sie zum Land, wo Wutz und Schusch warteten.

»Wawas Muschel wäre nicht schlecht –«, meinte Professor Tibatong. »Aber sie schließt nicht dicht genug. Das Wasser würde hineinströmen. Und ob der König hineinpasst, ist auch fraglich!«

Wutz blickte auffällig lange zur Seite. Hinter ihrer gerunzelten Stirn schienen quälende Gedanken zu arbeiten. Sie schnaufte mehrmals und fragte endlich, mit sichtlicher Überwindung: »Professor – öff! Liegt dir sehr viel daran, den König und seinen Diener zu retten?«

»Natürlich, wie kannst du fragen? Und Wawa!«

»Wawa zuerst – öff!«, versetzte sie.

»So sprich endlich!«

»Nun, ich habe allen Grund auf den König böse zu sein«, grunzte sie. »Aber auch ein Schwein hat edle Gefühle – öff! Professor, ich werde ein großes Opfer bringen: Ginge meine Schlummertonne?«

»In der Tat! . . .«, murmelte Tibatong.

»Natürlich!«, rief Tim Tintenklecks. »Die Tür schließt prächtig und man könnte sie außerdem noch mit Wachs verschmieren. Und viel dicker als Wutz ist der König auch nicht!«

Wutz schaute ihn beleidigt an. Sie fand sich nicht dick.

»Äch bän välleicht nächt sehr gescheit«, klapperte Schusch, »denn äch verstehe ämmer noch nächt! Wä soll denn däses Schweine-Unterseeboot-Fass durch den Kanal tauchen? Es hat doch keinen Motor – oder ärre äch mäch?«

Schusch irrte sich zwar nicht – aber hier erwies sich wieder einmal, wie segensreich manche Dinge sind, von denen man es vorher nicht ahnte. Tim Tintenklecks fand die Lösung.

Das Urmel feiert einen seltsamen Geburtstag

Das Urmel langweilte sich auf dem Krankenlager. Es schaute an die Zimmerdecke, es schaute zum Fenster hinaus, es gähnte, es maunzte, es wälzte sich auf den Rücken, es kitzelte sich mit seiner Schwanzspitze an der Nase und hinter den Ohren.

Später wunderte es sich. Warum holten Tim Tintenklecks und der Professor so eilig Wutz' Schlummertonne, rollten sie den Berg hinab und redeten kein Wort mit ihm?

Sollte es etwa mit Wutz wieder in die Babystube am Strand umziehen?

Das Urmel stand auf – und setzte sich gleich

wieder hin, weil die Zimmerwände sich zur Seite neigten und drehten. Puh! Ihm war schwindlig. Aber das verging. Langsam stellten sich die Mauern wieder gerade.

Wieder erhob sich das Urmel. Ein wenig wacklig stand es da, auf seinen Schwanz gestützt. Nach einer Pause des Atemholens setzte es den ersten Fuß vor.

Ein neugieriges Kind wird unglaublich schnell wieder gesund. Das Urmel tappte den Abhang hinab. Manchmal plumpste es hin, dann rutschte es auf dem Popo weiter, manchmal blieb es auch einfach stehen um zu verschnaufen oder um die Ohren zu spitzen. Aber es hörte nichts. Alles war ruhig, sogar von Seele-Fant war nichts zu vernehmen.

Merkwürdig ... merkwürdig ... Auch am Strand war niemand! Der böse König war ja sowieso in der Höhle verschüttet. Aber wo war Wutz, wo hatten sie ihre Schlummertonne hingebracht?

Und plötzlich machte das Urmel eine herrliche Entdeckung! Da hatte es ja ein Haus geschenkt bekommen! Ein richtiges eigenes Urmel-Haus – keine Babystube, kein Urmel-Zimmer, nein: ein Haus am Strand, ein Haus mit einer Tür, ein Haus mit vielen kleinen Fenstern und einem Dach!

Was für eine Freude! Das Urmel wusste gar

nicht, dass es heute Geburtstag hatte. Und das ist doch eigentlich fast das Einzige, was ein Kind ganz genau weiß.

Nun, wie dem auch sei – das Urmel staunte sein Haus an. Es faltete die Pfoten vor Glück, es blinzelte gerührt, es senkte beschämt die Augen ... Wie schlecht von ihm den anderen den Spaß zu verderben, denn ganz sicher sollte das doch eine Überraschung sein!

Trotzdem: Es musste in sein Haus hineingehen, die Schwelle zu seinen eigenen vier Wänden überschreiten, die Tür hinter sich schließen und zum Fenster hinausschauen! – Nie war es stolzer gewesen! Es schnüffelte in jeder Ecke, es legte sich auf den Boden und genoss den Schatten der Blätter und ihr angenehmes Rascheln.

Ein bisschen zwickte natürlich das schlechte Gewissen doch. Es sollte vielleicht lieber wieder nach Hause gehen, ehe die anderen es hier entdeckten ...!

Holla!!! Urmelputurmel noch mal! Das war ja eine blöde Tür! Ließ und ließ sich einfach nicht hochschieben. Vielleicht nach der Seite? Oder wenn man ganz fest daran rüttelte ...? Oder mit den Füßen dagegen trat ...?

Ach, das war schlimm! Jetzt fingen auch die Urmel-Haus-Wände an zu tanzen und sich zu drehen. Puh! Dies war ja gar kein Haus, dies war ein Kreisel und Urmel saß genau in seiner Mitte, saß nicht mehr, lag schon wieder und der Fußboden machte koppheister, der Fußboden war das Dach – wutsch!, fuhr er hinauf und hinunter und das Urmel hatte nichts, woran es sich festhalten konnte. Sogar mit geschlossenen Augen wurde es einfach so herumgewirbelt – slecklich!

Seele-Fant spielt eine wichtige Rolle

Wutz hatte zunächst darauf bestanden, die Matratze aus der Schlummertonne zu entfernen. Dann nahm sie den hellblauen, mit Röschen bedruckten Vorhang ab und faltete ihn säuberlich zusammen. Schließlich schnaufte sie noch ein paar Mal mit hoch gerümpftem Rüssel – dann durfte die Tür endlich geschlossen und die Tonne ins Wasser geschoben werden.

Ping Pinguin war sehr enttäuscht, dass der Professor seinen Vorschlag ablehnte das Unterseeboot beim Stapellauf feierlich zu taufen, weil dieser meinte, sie hätten keine Zeit für solchen Schnickschnack. Als ob eine Pfiffstaufe ein Pfnickpfnack wäre! Jedes ordentliche Pfiff wird getauft, mit einer feierlichen Rede und einer Sektflapfe, die an den Bug gepfmettert wird ... Ping Pinguin wusste es genau, denn er hatte einmal in einem Hafen zugesehen.

Man hätte das Unterseeboot »Rettung« nennen können oder »Morgenrot« oder seinetwegen auch »Wutz der Tiefe« ... Nun gut, es sollte also nicht sein.

Andererseits fand er es unnötig, dass sich Schusch auf die Tonne stellte, seinen Hals reckte und »Ahoi! Ahoi! Äch bän der Kapätän!« schrie. Feiner Kapitän! Gepfah ihm ganz recht, dass er beinahe ins Nasse geplatpft wäre! Denn kaum schwamm die Rettungstonne, drehte sie sich auch schon. Man hätte eine Zirkusnummer daraus machen können. »Der Lauf auf der rollenden Tonne« oder so. Nur durch rasches Aufschwingen konnte sich Schusch in Sicherheit bringen.

Wutz saß am Strand. Sie blickte zur Seite, so sehr kränkte sie die Entwürdigung ihres Bettes, in dem sie so herrliche Träume gehabt und so behagliche Stunden verlebt hatte.

Die größte Schwierigkeit war aber, dass Seele-Fant die Tonne nicht unter Wasser ziehen konnte. Er nahm sie zwar am Eisengriff zwischen die Zähne, doch weiter als bis zur Hälfte sank sie nicht. Immer wieder hüpfte sie empor, wie ein Gummiball.

Bis Professor Habakuk Tibatong auf den Gedanken kam sie mit Wasser zu füllen! Schrecklich für Wutz! Aber nun ging die Tonne tatsächlich unter und Seele-Fant schob sie bequem im Maul vor sich her – wie ein Hund, der den Einkaufskorb trägt.

Ping Pinguin schwamm voraus. Sie tauchten in die Felsenröhre, wo sie von den bunten kleinen Fischen angestaunt wurden.

Noch mehr allerdings staunten König Pumponell, Sami und Wawa, als Seele-Fant mit der Tonne aus dem See emporstieg!

»Wie? ... Ist dies etwa die Schweinetonne?«

»Helft uns sie an Land zu bringen!« Ping Pinguin plusterte seine Federn auf.

Der König und Sami zogen die Tonne ans Ufer, öffneten die Tür und gossen das Wasser aus.

»Hinein! Majestät!«, befahl sein Diener.

Der König zog ein Gesicht wie einer, der gerade in eine saure Zitrone gebissen hat.

»Wönn do löbör ön dör Höhlö bleubön wöllst, brauchst do ös nor zo sagön ...«, brummte Seele-Fant.

Da kniff sich König Futsch der Erste die Nase mit den Fingern zu, kniete sich nieder und kroch rückwärts auf allen vieren in Wutz' Schlummertonne. Dann schloss und verriegelte er die Tür von innen. »Öfföff!«, grunzte Sami zum Spaß. Er rollte die Tonne in den See. Dem König wurde schwindlig, als er rasch hintereinander seine Hände und Füße mal über sich, mal wieder unter sich hatte und sein Rücken im Kreis herumgedreht wurde wie ein Braten am Spieß. Zwar ging die Tonne jetzt wieder nicht unter, doch war der König immerhin gewichtig genug, dass Seele-Fant sie hinabdrücken und mit ihr tauchen konnte. Außerdem floss durch eine schmale Ritze an der Tür etwas Wasser ins Innere, wodurch das seltsame Unterseeboot zusehends an Schwere gewann. Der König fühlte mit Grausen Füße und Hände nass werden, während er in völliger Dunkelheit und in gänzlicher Stille dahinschwebte. Nur von Zeit zu Zeit war ein leises Gluckern zu hören. Langsam kroch das Wasser über seine Füße, Knie und die Handgelenke hinauf.

Aber glücklicherweise war der Tunnel ja nicht allzu lang. Und ehe der Bauch seiner Majestät in der Tonne nass wurde, stieg Seele-Fant aus den Fluten. Die Sonne spiegelte sich auf der nassen Wölbung der Tonne.

Die Rettung war gelungen!

Der König kroch aus dem Unterwassergefährt. Er drückte Professor Tibatong herzlich die Hand. Tim Tintenklecks verstopfte die Ritze mit Wachs, und Seele-Fant lud Sami und Wawa das nächste Mal gleich zusammen ein. Es glückte ohne Schwierigkeiten. Er war nun schon so geübt, dass er es beinahe »traurög« fand, nun nicht mehr gebraucht zu werden.

So lag er am Ufer, wie üblich auf seine Vorderflossen gestützt, den Hinterleib halb im Wasser, und schaute zu: König Futsch der Erste und Sami säuberten ihre Kleider; Ping Pinguin erklärte Schusch, was für eine wichtige, pfwierige Aufgabe er bei der Rettungsaktion gehabt hatte; Wutz kroch in ihre Schlummertonne und grunzte, dass diese zunächst gründlich gescheuert werden müsse, ehe sie wieder verwendbar wäre.

Da Seele-Fant so von allen unbeachtet blieb, wie er es im Grunde nicht anders erwartet hatte, wandte er sich ab und kehrte zu seinem Felsenriff zurück. Leise wehte sein Gesang herüber:

»Oh – hoho!
öch bön nöcht froh!
Neun, öch bön so –
oh – hoho!
oh – haha! –
dön Tränön nah!«

Jetzt erst dachte Professor Tibatong an ihn und erschrak: »Oh, ich hätte ihm sagen sollen, wie großartig er uns geholfen hat! Ich muss es unbedingt nachholen, Wutz, bitte erinnere mich daran!«

»Ich erinnere mich vor allem daran, dass ein Patient daheim liegt, der sein Mittagessen bekommen muss – öfföff!«, grunzte Wutz.

Sie ließen die Tonne vorläufig zum Trocknen am Strand. Aber als Wutz sich noch einmal umschaute um sich zu vergewissern, ob sie nichts vergessen habe, wollte sie ihren Augen nicht trauen: In der runden Öffnung der Schlummertonne stand Ping Pinguin und blinzelte so vergnügt in die Gegend, als habe er eben die ideale Mupfel entdeckt!

Man fängt bereits an sich zu erinnern

Der Schwur war getan. König Pumponell bekräftigte ihn feierlich: Das Urmel war nun vor ihm sicher. Statt Pulverknall und Gewehrkugeln würde es in Zukunft königliche Leckereien bekommen.

»Öff! Aber nur nicht so viel, dass es sich daran den Magen verdirbt – öff!«, mahnte Wutz.

Da so der Friede wiederhergestellt war und die Sonne des Glücks erneut leuchtete, lud Habakuk Tibatong den König und Sami zu einer belebenden Tasse Kaffee ins Blockhaus ein. Nach den Nöten, Sorgen und Strapazen der letzten Stunden würde sie ihnen bestimmt gut tun.

Dankend sagte der König zu. Er und sein Diener wollten zuvor nur noch einmal zum Lagerplatz um sich zu waschen und die Kleider zu wechseln.

Wirklich: Sie hatten es nötig! Nass, verschmiert und dreckig glichen sie eher verwegenen Landstreichern, denen man nicht über den Weg traut. Aber das tat der guten Laune jetzt keinen Abbruch mehr.

Ihre Wege trennten sich bei den Ananasstauden. Der Professor und seine Schar erklommen, sich zwischen duftendem Jasmin und Azaleenbüschen hindurchwindend, den Berg. Seine Majestät und Sami gingen weiter auf dem flachen Strandpfad. Rasch verloren sie sich aus den Augen.

Ping Pinguin war natürlich längst aus Wutz' Schlaftonne gehüpft. Einmal, weil er einen gehörigen Schreck gekriegt hatte, als ihn der Blick aus ihren funkelnden Augen traf; dann aber auch, weil es selbst in der hübschesten Mupfel oder Pflaftonne langweilig war, wenn alle anderen sich um die Kaffeetafel versammelten.

Er hatschte also eifrig hinter ihnen her. Nun, da alles ein gutes Ende genommen hatte, waren es eigentlich doch aufregend pföne Tage gewesen, fand er.

Wutz wollte keinesfalls dulden, dass der Professor die Matratze trage. Sie selbst balancierte sie auf ihrem Rücken und Tim Tintenklecks hielt die Bettunterlage an einer Ecke im Gleichgewicht.

Professor Habakuk Tibatong war so guter Laune, dass er Ping Pinguin, der ja sehr schlecht zu Fuß war, heimlich von hinten auf die Matratze setzte. Hurra! Durch das dicke Polster spürte Wutz es nicht. Natürlich hätte er sich nicht mit den Flügelstummeln auf den Bauch trommeln und »Pföön!« krähen dürfen.

»Öfföff! Runter mit dir!« Mit einem erbosten Schrei beförderte Wutz den ungebetenen Fahrgast auf die Erde.

Schusch trug den zusammengefalteten blauen, mit Röschen bedruckten Vorhang im Schnabel, so sorgsam, wie er die Kerze gehalten hatte. Aber plötzlich fiel ihm ein, dass er etwas sagen wollte. Er befreite sich also von seiner Last, indem er sie Tim Tintenklecks reichte, und klapperte: »Äch fläge voraus um dem Urmel zu sagen, dass wär jetzt kommen und dass es keine Angst mehr zu haben braucht!«

»Nein!«, grunzte Wutz. »Ich will es ihm zuerst sagen!« Zu spät! Schusch war schon auf und davon.

Indessen – schon nach kurzer Zeit kam er wieder. Noch aus der Luft kreischte er heiser herunter: »Das Urmel äst schon wäder nächt än seinem Zämmer!«

Himmel! Da ließ Wutz aber die Matratze purzeln und galoppierte los. Jetzt war Ping Pinguin froh, dass er nicht mehr oben thronte!

Es wird eine schreckliche Entdeckung gemacht

Je nachdem, wie gut sie zu Fuß oder zu Flügel waren, brachten die Heimkehrer das letzte Stück bergauf hinter sich. Weit war es nicht, man hatte ja schon die Spitze des Daches zwischen den Baumwipfeln hervorlugen sehen.

Ping Pinguin bildete noch immer das Schlusslicht. Auch Wawa war zurückgeblieben, weil er ihm rasch etwas sagen wollte. »Du darfst jetscht so oft in die Muschel kommen, wie du willst!«, versprach er ihm.

»Ach, weißt du, Wawa«, meinte Ping Pinguin, »vielleicht brauche ich nun deine Mupfel gar nicht mehr. Sicher pfenkt mir König Futpf ein pfönes Pfloss . . .«

»Du könntest endlich lernen ein richtiges Sch zu sagen!«, mahnte Wawa.

»Wie soll ich es denn lernen? Wir haben ja die ganzen Tage keine Pfule gehabt und niemand hat es gemerkt, haha!«

»Oje!«, rief Wawa bedauernd. »Nun sind also die Ferien tschu Ende! Na ja, Tscheit wird es ja, dass wieder Ordnung in unser Leben kommt!«

»Wer weiß, was für Pferereien das Urmel uns pfon wieder bereitet!«, meinte Ping Pinguin besorgt.

Sie waren als Nachzügler kaum am Blockhaus angelangt – Wutz trabte bereits aufgescheucht herum und suchte grunzend nach ihrem Liebling –, als vom Strand her das Dröhnen und Knattern schallte, das ihnen nur zu bekannt war.

Wieso? Kam der König etwa im Flugzeug zum Kaffee?

Das dunkle Insekt schraubte sich empor, stieg langsam über den Abhang. Und unter ihm baumelte an einem festen Tau ein vergitterter Kasten; er schaukelte hin und her wie eine Glocke, die geläutet wird. Statt des Klöppels aber hing an langem Hals ein dicker Urmelkopf heraus.

»Oh, Professor! Der König hat uns betrogen – öfföff, öfföff!«, quiekte Wutz entgeistert. Ihre Stimme überschlug sich in höchster Erregung. Sie plumpste auf ihr marzipanfarbiges Hinterteil und starrte ungläubig in die Höhe.

»Huiii – ich fliiiiiege!«, wieherte das Urmel von oben herunter. Es schien auch noch Spaß daran zu haben!

König Pumponell zog eine Ehrenrunde über dem Blockhaus. Sami und er winkten. Es sah aus, als ob sie etwas riefen. Aber das Knattern übertönte alles.

Und dann drehten sie ab, rutschten wie auf einem unsichtbaren Brett waagrecht zur Seite, steuerten ins Blau des Himmels und flogen übers offene Meer davon. Sie wurden kleiner, waren schließlich nur noch zwei winzige schwarze Punkte – und dann gar nichts mehr ...

»So eine Pfweinerei!«, entrüstete sich Ping Pinguin.

Wutz überhörte vollständig, dass dies eine ganz ungerechte Beleidigung ihrer Sippe war.

Seele-Fant ist plötzlich nicht mehr traurig

So sollten nun also des Königs Treulosigkeit und Wortbruch das künftige Schicksal des Urmels bestimmen! Es würde im Zoo von Pumpolon hinter Gittern leben, angestarrt von neugierigen Augen, geneckt von ungezogenen Buben, von unvernünftigen Erwachsenen mit unbekömmlichen Dingen gefüttert. Heimwehkrank würde es durch die Stäbe starren, von den schönen Tagen auf der Insel Titiwu träumen, in Gedanken an Wutz Tränen vergießen und vom Kreuzfeuer der Blitzlichter geblendet werden.

Neugierige Wissenschaftler würden es untersuchen, röntgen, messen, wiegen – oder gar noch Schlimmeres mit ihm anstellen.

Ach, und das gute Kind war noch so harmlos und vertrauensselig! Es ist kaum zu glauben, aber es genoss den Flug!

Nach dem schrecklichen Schwindelanfall im Urmel-Haus hatte es lange geschlafen und war nun wieder ganz gesund. Es zwängte Kopf und Hals durch eine fensterartige Öffnung im Gitterwerk seines Käfigs.

Der Wind pustete ihm in die Nasenlöcher, die Fledermausohren flatterten wie Wäsche im Sturm auf der Leine. Es sah die Welt von oben! Der grüne Farbklecks im Wasser war die Insel? – Lustig! Und so klein war das Blockhaus – heißa!

Oh, und dieser winzige Punkt, nicht größer als ein Stückchen Fliegendreck – war das etwa Seele-Fants Felsenriff? Das Urmel war noch nie bei ihm gewesen. Es drehte seine Nase nach oben und blinkerte dem König zu und der König winkte hinunter: Er hatte verstanden, der Hubschrauber sank. Abwärts! Jetzt wurde es dem Urmel doch ein wenig flau im Magen. Der schwarze Punkt im Wasser kam ihm blitzschnell entgegen und im Nu war er als wellenumschäumte Steinplatte erkennbar. Da saß Seele-Fant, die Flossen ans Herz gepresst.

Was er sang, konnte das Urmel nicht verstehen, dazu brauste der Motor zu laut. Vielleicht sang er auch gar nicht, er winkte ja! Aber sicher war das, was er ihm zurief, traurig, schrecklich traurig!

Einen Moment hielt der König den Hubschrauber fast bewegungslos in der Luft. Des Urmels Schnauze war nun Seele-Fant ganz nahe. So nahe, dass ihm das Urmel – bei einem Hinschwanken des Käfigs – einen Kuss auf die Backe schmatzen konnte.

Seele-Fant war sprachlos. Er staunte nur. Das war ihm noch nie geschehen! Ob er nach diesem Ereignis wohl jemals wieder so »traurög« sein konnte wie früher?

Er hatte lange Zeit darüber nachzudenken.

Und nun gab der König Gas, verstellte die Rotorflügel und der Hubschrauber entschwand.

Am Schluss steht das Wort »Ende«

Er schwirrte davon und ward nie mehr gesehen!? – Irrtum! Er ward sofort wieder gesehen.

Wie gezielt setzte König Pumponell den Käfig vor dem Blockhaus ab, ganz sanft auf den Boden, und löste das Tau. Dann flog er selbst zum Strand, wo er niederging. Wenig später kam er lachend mit Sami den Berg herauf, zum Kaffeetrinken.

Natürlich war der Kaffee nicht fertig, denn Wutz hatte gar nicht daran gedacht, welchen zu kochen. Erst war sie so zornig gewesen, dann so traurig – und nun so froh!

Das Urmel war bereits mit allgemeiner Hilfe aus dem Käfig befreit worden.

»Ihr müsst entschuldigen«, sagte der König, »aber das Urmel ließ mir keine Ruhe. Es wollte unbedingt ausgeflogen werden! Ihr wisst ja, wie es ist – es lässt nicht locker, wenn es sich einmal etwas in den Kopf gesetzt hat. Darin ist es mir übrigens ähnlich. Ja – und ich musste doch viel bei ihm wieder gutmachen!«

Wutz leistete ihm im Stillen Abbitte, während sie das Kaffeewasser aufsetzte.

»Aber was mache ich jetzt?«, fragte der König schließlich. »Soll ich wirklich mit leeren Händen heimkommen? Das ist unmöglich! ...«

»Ich weiß pfon was!«, krähte Ping Pinguin. »Nimm doch bitte einfach das pfrecklich pfeußliche Ungeheuer aus der Höhle mit!«

»Die Riesenkrabbe?«

»Nein«, sagte Professor Tibatong, »das geht nicht! Erstens gelingt es uns wohl kaum, sie aus der Höhle zu bringen. Und zweitens ... nun, ihr werdet mich vielleicht für töricht halten, aber ich möchte versuchen ihr das Sprechen beizubringen! Ich glaube, dass sie mir viel Seltsames zu berichten hat. Sie ist für mich ein großes Rätsel, das ich lösen will!«

Da war nun guter Rat teuer. Der Professor selbst wünschte, der König möge irgendetwas von der Insel mitbringen, über das Zwengelmann mindestens so staunen würde wie über ein Urmel.

»Warum tann mich der Tönig nich mitnehmen? Ich strecke diesem Drängelmann . . .«

»Zwengelmann!«

». . . Bengelmann die Zunge raus, mache Bäh!, und dann bringt mich Futsch wieder zurück!«, piepste das Urmel eifrig.

»Erstens heißt er Zwengelmann: Direktor, Doktor. Zweitens streckt man niemandem die Zunge raus und macht auch nicht »Bäh!«, und drittens soll er ja glauben, dass es dich wirklich nicht gibt, denn sonst wäre die Insel bald ein Rummelplatz!«, sagte Professor Habakuk Tibatong bestimmt. »Und viertens darfst du nicht einfach Futsch sagen! Seine Majestät heißt immer noch Pumponell!«

»Das Urmel darf!«, lachte der König.

»Bäh!« Das Urmel streckte dem Professor die Zunge raus.

Da plusterte sich Schusch, klapperte mit dem Schnabel und trompetete: »Äch weiß was! Hähä! Der Könäg nämmt den unsächtbaren Fäsch mät, än einem mät Wasser gefüllten Eimer oder, wenn er dazu zu groß sein sollte, välleicht än der Schlummertonne von Wutz!«

»Nein! Meine Schlummertonne behalte ich – öff!«, meldete sich Wutz erbost.

»Aber ich weiß ja noch gar nicht, ob es ihn gibt«, sagte Professor Tibatong. »Seine Majestät kann ja nicht einfach einen leeren Wassereimer mitnehmen und ein leeres Aquarium zeigen!«

»Wäso nächt? Wer wäll denn beweisen, dass der unsächtbare Fäsch nächt än dem Aquaräum äst, wenn man ähn doch nächt sehen kann?«

König Pumponell lachte. Er fand den Gedanken herrlich. Ein riesiges Vergnügen! Wochenlang würde er keine Langeweile mehr haben. Wochenlang würden sich die Gelehrten darüber streiten, ob es den unsichtbaren Fisch nun gebe oder nicht! Er lachte so, als habe er nochmals den schwülen Duft in der Höhle eingeatmet. Das brachte ihn auf einen Gedanken. »Professor!«, rief er mit Tränen des Vergnügens in den Augen. »Könnten Sie nicht diesen Äther, dieses Gas – oder was immer es ist – auswerten? In Flaschen füllen oder in dünnwandige Glasballons? An den Flaschen könnte man riechen, wenn man trüber Stimmung ist ... Und die Glasballons ... denken Sie nur, wie herrlich! Wenn ich so einen Glasballon wie eine Bombe in das Parlament von Pumpolonien würfe, gerade dann, wenn die Abgeordneten wütend aufeinander einschreien! Dann werden sie plötzlich alle heiter, fangen an zu kichern und zu lachen ... und aller Streit geht im Gelächter unter!«

Der Professor sah den König nachdenklich an. Merkwürdig, wie gut ihm dieser plötzlich gefiel. »Professor Habakuk Tibatongs Original-Lachgas, garantiert frisch aus der Quelle«, murmelte er. Er sah das Etikett schon vor sich. »Das wäre wirklich eine gute Idee! Es wird viel zu wenig gelacht auf der Welt. Das meiste Unglück kommt davon, dass die Menschen alles viel zu ernst nehmen! – Aber leider, vorläufig geht es noch nicht, denn wir können die Höhle ja nicht mehr betreten. Vielleicht später einmal.«

Der König sah das ein. Noch musste er also auf die Lachgasbomben verzichten und sich mit dem unsichtbaren Fisch begnügen.

Dafür schenkte er dem Urmel das Urmel-Haus.

Und als der Abend kam, schnurrte das große Insekt gen Westen, in die untergehende Sonne hinein. Unter ihm baumelte ein großes, mit Wasser gefülltes Gefäß.

Der Professor und seine Tiere blickten dem König nach, bis der Hubschrauber nicht einmal mehr ein Fleck in der roten Scheibe war.

»Ganz anständig ist das nicht«, murmelte Tibatong.

»Aber wäso, hast du denn gesehen, dass der Fäsch nächt än dem Topf äst?«, fragte Schusch.

Das hatte der Professor natürlich nicht. Unsichtbare Fische können eben überall sein – oder auch nicht!

Wutz brachte das Urmel ins Bett. Wawa bezog

seine Muschel, um den Mond über sich hinwegtschiehen tschu lassen.

Professor Habakuk Tibatong zündete eine Kerze an, um ein Buch über die Höhle, den See und die Steinorgel zu beginnen.

Tim Tintenklecks schleppte Wutz die Schlummertonne vors Haus. Sie reinigte sie, legte die Matratze an ihren Platz und hängte den mit Rosen bedruckten blauen Vorhang auf.

Dann kroch sie hinein, legte Kopf und Rüssel auf die Vorderklauen und betrachtete dankbar die Sterne, die so friedlich flimmerten.

Ping Pinguin aber schwamm zu Seele-Fant hinaus. Sie saßen nebeneinander im Licht des Vollmonds. Und das Meer rauschte und schäumte.

»So ist alles wieder pfön und gut!«, schnatterte Ping Pinguin leise. »Alles ist herrlich! – Nur eine Mupfel habe ich doch nicht bekommen!«

»Wöllst do ötwa döswögön eun traurögös Löd möt mör söngön? . . .«, fragte Seele-Fant.

Ping Pinguin nickte. »Ein pfönes, pfrecklich trauriges Lied!« Aber zu seiner Überraschung brummte Seele-Fant: »Leudör göht ös nöcht! – Öch kann heutö keun traurögös Löd söngön. Öch bön – glücklöch!« Es klang, als ob er sich deswegen schämte.

»Nanu?« Ping Pinguin wunderte sich im Stillen. »Was hatte Seele-Fant wohl so Schönes erlebt?«

Er kauerte sich neben seinem großen Freund in die eigenen Federn. Sie schwiegen beide und sannen in die Nacht. Alleine singen mochte Ping Pinguin auch nicht.

Sollte nun etwa er deswegen traurig sein?

Ende

Inhalt